U0659068

你好，我是北大毕业的内衣销售员

你是台湾人，怎么混成这样？

我终于成为一个「正常的台湾人」

继续在北京，你又能混出什么名堂？

我在北京

郭雪筠 著

九州出版社 JIUZHOUPRESS | 全国百佳图书出版单位

图书在版编目（CIP）数据

我在北京 / 郭雪筠著. --北京 : 九州出版社,
2022.7

ISBN 978-7-5225-0986-0

Ⅰ.①我… Ⅱ.①郭… Ⅲ.①自传体小说－中国－当
代 Ⅳ. ①I247.5

中国版本图书馆CIP数据核字(2022)第103583号

我在北京

作　　者	郭雪筠　著	
责任编辑	邓金艳　关璐瑶	
出版发行	九州出版社	
地　　址	北京市西城区阜外大街甲 35 号 (100037)	
发行电话	(010)68992190/3/5/6	
网　　址	www.jiuzhoupress.com	
印　　刷	三河市九洲财鑫印刷有限公司	
开　　本	787 毫米×1092 毫米　32 开	
印　　张	9.625	
字　　数	154 千字	
版　　次	2022 年 7 月第 1 版	
印　　次	2022 年 7 月第 1 次印刷	
书　　号	ISBN 978-7-5225-0986-0	
定　　价	38.00 元	

★版权所有　侵权必究★

不知不觉，也走得这么远了啊

有一件事，在我大学毕业已经十年的今天，仍然难忘。

大学时期，我很喜欢去听一些业界名人的讲座，一帮大学生坐在台下，看着台上的广告大师、公关公司老板、大公司的人力总监或是作家等"大人物"侃侃而谈。一面听着，一面记着这些职场金句，期望对自己往后的人生有所帮助。

毕业之后我成为一家中型公司的小秘书，领着一个月大概六千元人民币的薪水。某天我在便利店看到了一个熟悉的身影——一家台湾知名人力公司的总监，常上电视和杂志，我也听过他的讲座。

我跑去打招呼："×××先生您好，我以前读大学时听过您的演讲，很喜欢。"对方也客客气气，我们就在便利店的座位区聊了一会儿。

他大致问了一下我的工作情况："秘书啊，你的工作是偏行政方面的吧？"我那时毕竟幼稚，有点撒娇地絮叨："对呀，我是学广告的，但不想进什么广告公司。还不知道以后自己要做什么呢，也不太确定未来方向，就先这样吧。"

他突然叹气，很认真地看着我。"你拿到的薪水算是可以了，运气不错。我今年听到那些毕业生的情况啊，哎，真的不想说了。这就是为什么我现在越来越不喜欢给你们大学生演讲了，越来越没兴趣，除了少数名校之外，大学生的出路一届比一届烂。"

记得很清楚的，不是这一番话，而是他看我的眼神——是同情的。这个四十多岁、穿戴名牌、西装领带的职场精英，真的在同情我。

后来我从台湾到了北京，好多好多年后的日子，走在北京街头时，很偶尔地，仍会想起那个眼神。

想起来的时候会有点想笑，如果现在回台湾，碰上了那个人，我们会聊什么呢？或是，他看我的神情，会如何呢？

时至今日，仍记得他的话和眼神，但他的面容，已经很模糊了。

翻开这本书的朋友们,请让我先介绍自己:我出生于1989年,在台湾,我们这一代常被称为"草莓族",这是一个新闻上常见的老掉牙的名词。

"草莓族",指不能承受什么压力,压一下就烂了。对自己的薪资、未来也没什么期望或多大野心,反正就是这样了,再努力也买不起房。

很有意思的是,在台湾"草莓族"这个称谓已经没人讨论之际,大陆年轻一代"躺平"现象的出现,成为各个媒体的焦点。三十二岁,已经步入中年的我看到这个词出现,像个小孩子一样兴奋地拉着我的大陆同事,"躺平!就是躺平!你们现在的年轻人,跟我这代台湾人,实在是太像了!"

两岸真有意思啊!天天吵吵嚷嚷的,互相看不顺眼,但在某些层面,我们彼此出奇地有共鸣。在本书完稿之后,给了一些台湾和大陆的九零后朋友看,大家的反馈都是,这就是我的故事啊!

哪有什么两岸差异呢?

2021年的当下,在出租屋里写着这些文字,猫咪窝在身旁呼噜打盹,暖暖的阳光从落地窗洒入,屋子黄澄澄的。这时的我,已经在北京快十年了。

啊,原来在北京这些年的努力,不应该只是"反正再怎样也买不起房"的嘴碎抱怨。

匆匆忙忙,不知不觉,也走得这么远了啊!

在这个一线城市,有一份喜欢的工作,可以租一个舒服的居所,眼前的一切是自己从无到有打造的。这感觉无比幸福。

郭雪筠

2021 年 6 月写于北京

目 录

001　第一章　你好，我是北大毕业的内衣销售员

033　第二章　到那里，你会后悔的

069　第三章　你是台湾人，怎么混成这样？

109　第四章　你该庆幸你是台湾人

149　第五章　不要跟我讲往日荣光

181　第六章　在北京混不下去，随时可以回台湾？

209　第七章　我终于成为一个"正常的台湾人"

237　第八章　继续在北京，你又能混出什么名堂？

277　第九章　在那之后

第一章

你好，我是北大毕业的内衣销售员

那时,我在工作中最常被问的三个问题:

咦,听你的口音,你是广东人吗?

噢,原来是台湾人啊,我就说你的口音像是港台那一带的对吧?

那,你是台湾人,怎么跑到这里做这种工作啊?

先别乱想,所谓"这种工作"可不是什么非法的工作,不过说奇怪也挺奇怪,至少每当我跟熟或不熟的人讲到我的工作,他们都会露出"啊?!你开玩笑的吧"的半信半疑表情。

我曾经是一个内衣销售员。不是那种连锁店的内衣,是"量身订制"内衣,跑北京城各大美容院,在客户被美容师"洗脑"的差不多时冲进去,推销塑身内衣、负离子内衣、竹炭内裤等。在工作时我必须穿着洋装(裙子不能太长也不能太短)、化淡妆,一副宜室宜家、小家碧玉的样子。所接触的客户当然也都是女性,这份工作唯一可称得上"福利"的就是可以看见各种胸部。

瞧，这可是份正经工作，说句地图炮的话，如果不是因为我是台湾人，这工作只会被人视为无聊，不会被视为"奇怪"。但是偏偏在北京这么些年，北方人民总能一听就听出我的台湾口音，我连"出门儿左拐"的儿话音都发不出来，我服务过的那些客人总会轻易听出来我是台湾人。

甚至有嘴损一点的人会表示，"唉，我还没去过台湾呢，一直听说台湾现在经济可差了，年轻人都跑到上海去找工作。之前还不相信，现在看果真是啊，台湾小姑娘都跑北京卖内衣了"。

说完这一长串之后，他们通常连条内裤都不会买。

我通常面红耳赤地解释，我们公司是卖高端订制内衣，老板是台湾人，找我帮忙的。当然，这段话是自我安慰的。

更惨的是，我还是北大毕业的内衣销售员。北京大学的台湾硕士毕业生跑来卖内衣，我们虽然常说行行出状元、职业无贵贱，但要说社会上对于工作种类没有约定成俗的看法，恐怕您也不信吧？

一开始做这份工作时我自己觉得尴尬，公司内部

的人却觉得新鲜有趣,我同事常常不等我开口,就兴奋地跟客人介绍"她是台湾人,还是北大的毕业生喔"。然后,客人会投来新奇(或可怜)的打量眼神。

我出生的台北,也算是个繁荣发达的城市,但是我是到北京之后才知道什么叫"大城市",人与人之间有着极大的差距。在台北,你可以看见一张张冷漠的都市人脸,但偶尔会有人在视线与你对上时露出一个笑容。如果你是游客,会有更多人对你微笑,这是台湾人的礼貌和生疏——来者是客,就算我讨厌你,外表可不能显露。

在北京,永远都只有赶着上班、赶着接孩子,和一群群不知道为什么很赶的路人。有一次我在地铁上看见一个流鼻血的男人,他没有纸,用手捏着流血的鼻子,血从缝隙中滴下来落到他裤子上,周围的人都礼貌地装作没看见。我给了他一张卫生纸，他木然地接过，一句谢谢也没说。这种"木头人"，北京地铁不少见。

还有一天，我结束了一个卖出一件内裤但因为量错胸围被客人痛骂的沮丧夜晚，很难得地看见有一个女孩在看报纸，等我靠近才发现，她是在哭，用报纸遮着。那时我也差点跟着哭出来，但转念一想，我手上没有报纸，太丢人了，眼泪就跟着缩回去。

如果说我来到这个陌生、冷酷的大城市是因为"台湾经济太差"，那为什么我会来做这份内衣销售工作？

要讲述这个故事，先从2012年我离开台北的那一天开始说吧。

2012年8月，出发前往北京的那天，台北桃园机场前方排满了要返回北京的台湾人，那时我才知道原来真有这么多居住在北京的台湾人。前面的中年台湾人回过头，看着我那堆大包小包，挂上了一抹意味不明的笑容。"小妹妹，去北京玩啊？"

"不是玩，是读书。"

"去北京读书？为什么？台湾的师资应该比北京

好吧?"

"因为那里机会多啊。"我说着"官方回答",一边在内心不解,为什么台湾人听到"去北京读书"第一时间都是"台湾师资比较好吧"的反应?为什么总会下意识地有"台湾应该比较好"的评判?

还有,他们知道多少我去大陆读书的真正原因是……不想在台湾工作了吗?这恐怕连我父母都不知道,他们认为我就是想"提升自己",而不知道我是被台湾赶走的。

"那你毕业后会回台湾吗?"中年台商又问了。

我挂起招牌的官方笑容:"有机会还是会呀,毕竟这里是我家嘛。"

"我不会回来工作了!"我心里说着。

拿好机票,我回头看了一下桃园机场,中年台商对我笑眯眯地挥手,祝我"一切顺利";机场服务人员笑眯眯地对每个客人弯腰致谢……啊,多么可爱的人情味,这是台湾一直引以为豪的。

"待不下去就回台湾,拼不过别人没关系,身体顾好啊,吃东西小心啊,过马路也要小心……"爸妈在我耳边滔滔不绝地念叨着,平时觉得很厌烦,如今听来也挺可亲。我不会拼不过别人的,我会用尽全力在那里生活下去。

台湾再见，我在内心说了一声。

为什么我打定主意不会回台湾工作？因为我在这里会是个失败者，我感觉这是不可逆转的、是注定的。更具体地说，我在台湾活了22年，如今已经感觉到在台湾继续生活，我的工作、我的未来是不会有希望的。

我再怎么努力，未来的愿景不会越来越好了，不越来越坏就不错了——这就是我热爱的家乡带给我的唯一想法。

别急着把我贴上标签如"反台""卖台""背弃台湾"或是"不爱台湾"，我大可以像许多争先恐后离开台湾，去新加坡打工的年轻人那样，用冠冕堂皇、大家都爱看的说辞来包装"我只能离开台湾"这个事实，比如"我爱台湾，只是迫于生活离开"。这样说很无趣，不是吗？终究是选择了"钱景"啊！

我爱不爱台湾，对台湾的经济状况来说根本无关紧要。现实是，过去的发展逼走我们这些年轻人，这又是谁的错？反正我没有兴趣研究了。

我这样的家伙在台湾，如果不离开就没什么出路了。我的未来在二十多岁的时候似乎就已经写好结局——到了四十岁、五十岁都不会有多好的薪水，住在爸妈的台北房子里，不用付房租所以也不会有生存压力。然后，就这样过一辈子，仿佛能看到六十岁的退休生活。

不要误会，我不是什么社会边缘人，我是台湾辅仁大学传播学院的毕业生。辅仁大学，台湾私立学校排名数一数二的，根据我们老师的说法，我们学院出来的毕业生好评度在业界颇高。但是，从大三那年实习开始，就知道我是社会上的输家。大四快毕业那时我和朋友去参加了一场校园招聘，朋友沿途被好声好气地对待，那些招聘人员对他堆满微笑，"这边请""希望您能参加面试"。

而我呢？清一色是"喔，履历收下了，你可以走了，后面还有好多人排队呢"，更有直接一点的回答"你这种毕业生满街都是，没什么突出的吧"。

我大学四年成绩排行都是班上前五，有名牌企业的实习经历，而朋友呢？大学宅了四年，成天在宿舍打游戏，但他注定比我有竞争力。他是理工科系，而我是读传播的，这就是唯一的差距。他注定一毕业三万到四万新台币（注：1 新台币约等于 0.23 人民币），而我，只有两万五新台币的价值，并且所有企业都想办法压到两万二新台币，还理所当然地问你："能加班吧？什么,晚上十点后会想睡觉? 你以为工作到晚上十点就算加班啊?"

后来我找到一份秘书的工作,月薪三万新台币,开心死了,这算是私立大学中起薪偏高的。我的工作集活动策划、联系在线广告商、行政助理、端茶倒水、喝酒应酬为一身,幸好公司的人都挺好,公司在台北市区,楼下有十几元人民币的炸鸡腿饭和放满料的海鲜粥,如果把餐饮费提升到一餐三十元到四十元人民币,可以选择的还有满满鸡肉或蛤蜊的意大利面和地道的日本拉面,平价又好吃是台北上班族最好的福利。

后来我到北京发现一杯咖啡竟然要三十元人民币,而且难喝得要死,在台北买一杯浓郁香醇的咖啡只要一半价格。

在台湾的生活模式是这样的,只要你不看新闻、不知道那些令人厌烦的政治人物在做什么的话,就可以不断用好吃的食物、超好的服务和温柔的人情味来麻痹自己。台湾也没什么不好的,在这里过一辈子有何不好,对吧?

在外人看来,当时的我完全没有"逃离台湾"的必要性,新闻上都说大学生毕业等于失业,我有同学因为找不到工作延迟毕业或读研究所,就是想躲在"学生"

的保护伞下。据说台湾三十到三十四岁的劳动人口中有许多人薪资不到三万新台币，而我的第一份工作竟然就有三万新台币，公司是大约两百人的中型企业，还是台湾热门的餐饮公司。

我甚至有一个学历高、家境好的男朋友，在台湾热门行业工作，大学毕业没两年一个月收入已经快五万新台币。到底还有什么不知足的呢？

但是毕业后我越来越有一种"根本不能待在这里"的急迫感，真正让我意识到这一点的就是我主管，她是台湾名校政治大学毕业的，三十二岁，每天勤勤恳恳上班加班，挂着"经理"的头衔。她的薪资是三万八新台币，她也挺满足的，时不时去趟日本、欧洲，标准的台北小白领模样。

某次应酬完，我们在日式居酒屋吃鸡肉串烧，她突然放下冰烧酒的杯子，跟我说："好好干，我们文科生本来就不容易，我有的大学同学读到博士，也找不到像样的工作。跟他们相比，我混得挺好的，所以你要加油，机会可不多。"

想想吧，比我大十岁的名校毕业生，薪资只比我高八千新台币，噢，还是"混得挺好的"，那我奋斗十年到底有什么意思？我感觉吃进嘴里的串烧像是生肉，带着血腥味的作呕感,如果我四十岁才能拿到四万新台币还要"谢主隆恩"的话,那我的十多年也不过折合一万新台币。我环顾居酒屋,都是穿着时髦的白领们,他们觉得自己的价值就只有如此吗?当他们看到《商业周刊》里去上海的同龄人收入比自己高不少时,又会怎么想?

"反正上海物价贵,而且竞争压力这么大,还不如在台北",他们是不是会一边大啖便宜好吃的鸡肉串一边这样告诉自己?这就是我十年后的生活吗?

我不要。

第一个知道我会去北京的是我闺蜜,那时她在美国读硕士,听到我的决定时第一个问题是"可是那里挺可怕的吧"。我知道她的"挺可怕"是指台湾人听到对岸时会有的第一个反应——那里人很多、竞争激烈,很"可怕"吧?

我说,那里说中文,我没有太多的融入问题,而且那里机会多。只要有机会离开台湾去那里发展,我就要去尝试。

我平时根本不关心台湾那些掌权者在做什么,但毕业后我总算是明白了台湾的政治情况:那些"大人们"只有在竞选时才会视你为"重要的主人",其他时候就想着怎么斗倒对方。台湾毕业生那么多人找不到工作,那么多人长年饱受低薪的痛苦,还有那么多人对未来已经没信心了,用吃喝玩乐麻痹自己,"大人们"也不关心。

我们这代台湾年轻人就是坐在没有船长的船上,载浮载沉,所以,跳船逃生吧。有人会教训我:"你应该尝试改变台湾现况,做好能做的,如果每个人都跳船,台湾怎么办?"这种问题真是让人哭笑不得,我从来没有逃漏税,我按时参加选举,我信赖过我所选出的人,我乐观开朗努力地工作着,我没给社会造成任何麻烦,我哪里没做好我的本分了?真正没做好本分的,不是我们赋予权力的那些高高在上的人吗?

我现在能做的就是离开,所以我跳船了,抱着"就这样奋斗下去,我不能再回来"的决心。

两年多后,我被冻醒了。

"哈啾!"我打了喷嚏,爬起床把空调开起来。上海没有供暖,我把暖空调打开,看着一片漆黑的房间发呆。我又想起当初下定决心到北京的自己了,只是两年多后,我再次印证自己的无能。

"你为什么不像方方那样能干啊,都是北大毕业的。不过……也是,你是台湾人嘛,台湾人上北大通常没有那么难,能力差一截也正常。"在进入这家公司后我听总监说过数次这种话,刚入学北大时同学也会说"台湾人上北大很容易吧",但是同学间的戏言和上司的讽刺还是不一样。

"她就是很讨厌啊,没关系,混个一两年你就有在外商工作的经验了,到时跳去其他公司容易多了,还不用拿这么破的薪水。"比我小一岁的同事安慰我,我们入职的新人试用期统一六千五百元人民币,半年后再调。

"试用期转正后不是会调到八千吗?也没有很低吧。我们是新人嘛,慢慢练。"我跟同事说,同事"嗤"地笑了一声:"八千?八千算什么啊,我同学毕业的一万都有了。"

北大毕业后我陷入了新一轮对大陆的迷惘,我看到太多青年拿着六七千或八千的工资,开口闭口就是"我朋友已经一个月一万五""一万五没什么吧?我朋友毕业三年都两万了"。这些硕士毕业生口中的上海薪资似乎已媲美伦敦,街道上九零年的小白领拿着崭新的 iPhone 和奢侈品提袋,在大陆一线城市年轻人口中六千五或八千月薪都是短暂的,似乎在很快的将来,他们也会成为别人口中的"我朋友毕业两年都一万五了"。

他们对自己的未来似乎无限乐观，认为自己明年可以加薪百分之十五、后年可以再加百分之十……而我，一个彻底的台湾青年，则是会在内心不断呐喊：主管会给你加这么多吗？万一失业怎么办？

入社会后我彻底明白台湾与大陆年轻人的唯一差距，我身边的台湾青年更容易把未来想得动荡、不安、负面，所以在薪资涨幅与平时消费上都相对保守、谨慎，而大陆青年则有种迷之自信——我现在月薪快九千（其实也就是八千多一点），但我明年就过万啦，三十岁月薪当然得两万啊，不然混得多惨？

我曾问我同事"你们每个月能存多少钱"，他们奇怪地看我，反问："为什么要存钱？"然后我明白了，存多少钱是很"台湾"的问题，因为你对未来是如此不安，才会想依靠那少得可怜的存款。但在大陆青年眼中，一切都是往上、是正能量，存那些钱干嘛？这是我强烈羡慕大陆同龄人的——对未来乐观、相信社会整体都会越来越好，相信自己的工作前景会越来越好，"怀抱希望"是一笔很好的财富。

而我没有。

然而，我还是无比庆幸我有"存钱"这样的台湾特色习惯，因为部门主管不久前沉痛地跟我说"你或许过不了试用期"，要我有心理准备。而后又善良地安慰我几句："其实也不是你多差，是总监不看好你，或许换家公司会更好？其实，幸好你才毕业不到半年，再找工作应该不难，放心，如果下家公司做调查的话，我们不会说你是试用期没通过才离开的……"

是怎样的失败者会过不了试用期啊？我有好的学历、在台湾有一年工作资历、有至少一半的同事都比我小，我还是相关专业毕业的。我为什么连做几个PPT、想几个活动策划都没做好？

客观地说，我们部门那位成天大吼大叫的总监确实让我很崩溃，我更痛恨她常似笑非笑地看着我"北大的哟，连这个都不会"。我也并不喜欢这份工作，但是它至少是颇有规模的外商，有咖啡店、食堂还供应西餐的外商。毕业后进大型外商，待个两年后跳槽去另一家外商，然后成为别人口中月入两万的白领，这就是正确的，而且是很多人都走的"正常道路"不是吗？

为什么我连"正常道路"都走不好？

我还能找得到比这家公司更好的公司吗？跨年夜我趴在酒吧的桌子上哭得要死要活，一边哭到打嗝一边灌下不知道第几杯自由古巴，然后手机响了，是我妈。

"你没事吧？你没有去外滩跨年吧？刚刚上海跨年发生踩踏事件你知道吗，还有台湾人受重伤……"我听着老妈的絮絮叨叨，眼泪一颗一颗往下掉，我妈似乎察觉不对。"喂，你没事吧，没事就说话啊！"

"没事，我挂了。"

"你这孩子真是……"没等我妈说完话，我按下结束通话键，我知道如果我妈知道我为了丢工作而哭，一定会把我臭骂一顿——工作丢了有什么好了不起的，值得你这样哭哭啼啼的吗？你从小就是这样，一点事情就哭哭啼啼，你都几岁了，能不能长大？

或许有人会轻描淡写地说，大不了回家啊？

大不了回家——这种话根本是所有在一线城市漂着的人的克星。是，谁都知道在老家可以过得很好，比如我东北的同事就常说，家里有三套房子，每套都超过一百坪（坪：台湾常用的建筑面积单位，1 平方米 =0.3025 坪），还有个大院子可以养三只大狗，她爸妈难以理解她为什么要在上海住"鸟笼"，她妈妈看见她住的房间后眼泪往下掉："你的房间比我的衣柜小啊！女儿啊，何苦吃这种苦呢。"

而我在台湾的生活质量呢？我房间外的露天阳台

可以办烤肉派对，还可以看见远方的 101 大楼，而我在上海的房间……面积大约等同我家的厕所吧。但是，我就跟所有来自大陆二三线城市的孩子一样，在一线城市忍受比台北捷运（地铁）拥挤十倍而且秩序混乱的地铁。东北同事问过我："我不想在老家，是因为不想年纪轻轻就过着如同白开水一样无味的退休生活。但是你不一样，你是台湾人啊，跑出来受苦干嘛？"

我从来不敢跟那些来自小城市的人坦承"我会在这里工作，理由跟你们一样啊，我在台湾看不到发展前途"，我不想打破他们对于宝岛台湾的美好印象，如果我把台湾跟落魄的东北小城放在一起比较会被同胞们打死。

但是我们这些台湾北漂，与大陆北漂，到底有什么区别？

我想拼出一个不是白开水般无趣的未来，我想感受从月薪六千五跳到月薪一万五的起伏感。我甚至有时做白日梦：等到三十岁那一年，会被登在台湾《商业周刊》上，像是那些在大陆小有成就的台湾资深白领一样"凡尔赛"地说："别只看到北京上海的机会，大陆人是狼，台湾人是羊，不努力随时会被吃掉！"

噢，只是当初真没想过的是，人生未必会如你规划的那样。你可能连试用期都过不了，你可能只有少少的存款就要在消费高昂的一线城市开始找工作，你可能——你可能真的会被"吃掉"，然后灰头土脸地滚回台湾。

想到这里，我忘记自己身在酒吧，哭得更凄惨了，眼泪鼻涕混着酒吞下肚，一旁喝酒的客人用眼尾不断瞄着我。

"你怎么了？"有人拍我的肩膀，我转过头，那是个挺好看的西方大叔。

"没事，我是个失败者。"我脱口而出，当然是说中文，我就跟许多东方女孩一样，可以考出漂亮的英文成绩，却说不了一句简单的英文问候语。算了，这里是中国，本来就该说中文。没想到那位西方人用标准的普通话说了一句——"美女，你是不是有问题啊？"

"刚才上海发生意外事件，死了很多人你知道吗？人活着的每一天都是幸运，我愿意用我现在的一切来换到重回二十多岁的机会。你多年轻呀，Have a nice day。"西方大叔对我举起拇指。

Have a nice day。我也举起拇指，然后一踏出酒吧的大门，立刻把一肚子朗姆酒和苦水全吐在快结冰的水沟盖上，一边吐到眼泪流下来，一边又莫名地想笑。

对啊,我还活着,我才二十五岁,我有什么好自暴自弃的?

当然,这样的正面想法只维持了三秒钟,然后"我要被开掉了"这几个字重新浮现在我脑海里。我满身酒味和满脸泪痕地跳上出租车,冲回家,把自己摔在床上。那晚我梦见总监化身成一条三头的怪蛇,我拿着小水果刀防身,却难逃被吞下蛇肚的命运——幸好,闹钟响了,我按掉闹钟,猛地想起今天是 1 月 1 日,不用上班,新年快乐!

按掉手机闹钟的同时我发现微信有条新消息——"打给我,可以给你介绍工作",发信者是个跟我不那么熟悉的台商阿姨。等等,她怎么知道我即将失业?这个疑问浮现的下一秒我就找到答案了,在我昨天喝下第四杯酒后我在朋友圈打下:"我试用期不会过!我要失业了!"

微信真是 21 世纪最了不起的发明之一,不管是失业还是离婚,朋友圈永远是第一个知道的,我看着台商阿姨的信息,有些犹豫——我该打给她吗?

许多大陆朋友不知道的是,对于孤身一人漂在大陆的台湾人而言,"台湾老乡"是一种神圣又可怕的存在。打从八十年代开始台湾的经济黄金期结束,一波波台湾人涌入被称为"淘金地"的海峡对岸，由于抱团是中华民族的传统美德，这些独身在异乡的台湾人组成了大大小小的台湾圈子，有一起吃吃喝喝的"台湾饭团"，有一起创业的"台湾创业团"，名称不同但目的基本都一样——偶尔一起吃吃火锅或开开派对。通常火锅会在某个台湾人开的台式火锅店，而派对必备的就是炸鸡排和珍珠奶茶。

当然，这些是我听人说的，我本人也就在北大时参加过一次"台湾圈子"的聚会，加过两三人的微信（比如发信息给我的这位台商阿姨），但那时我感觉自己格格不入。他们一小群人一小群人地聊着，时不时笑，每群人聊着各自的小秘密，我感觉在这些圈圈之外游离尴尬。

据说这些圈子内部也会有勾心斗角，比如谁看谁不爽、互相竞争，各自拉帮结派之类的，更有"台流"这种可怕的"都市传说"存在。台流，就是那些背负家人厚望到大陆做生意，最后生意失败但没脸回台湾的可怜人，九零年代开始遍布大江南北和各个"台湾饭团"中，许多人最终靠老乡救济或骗吃骗喝维生。

曾经有个台湾人还特地在台湾媒体上写了篇字字血泪的文章，标题是"到大陆的第一课：台湾人坑台湾人"。而此刻我纠结不已的重点便是,我们虽然互有微信但从不聊天,谁知道这位陌生的台商阿姨找我,是真要介绍工作还是骗我的钱?

等等,郭珉珉,你在想什么? 你现在有钱可以给人骗吗? 现在有几个在北京上海的台湾人混得比你惨? 我抱着赌一把的心情,按下了微信语音通话键。

"珉珉呀,我是章姊啊。听说你可能要换工作了对吧?"电话那头传来熟悉的台湾腔,台湾人很可爱的一点是讲话客气,不会直白地说"听说你要失业了",而是旁敲侧击:"最近想换工作吧?""最近工作还好吗? 有转行的意愿吗?"

"你还在上海呀? 上海很漂亮吧? 我觉得上海比北京适合生活太多,食物和气候都比较合台湾人的习惯,而且南方人也比较有礼貌。"

"嗯,上海食物是挺好吃的。"我没说出口的是,我比较喜欢北方人,直率、大剌剌,不用猜测他们心思。

"你有想回来北京工作的意愿吗?"

"嗯? 有机会的话当然会考虑。"

"是吗? 那太好了。"章姊的声音听起来挺开心,"我的公司要招人,这份工作应该挺适合你的,你口才还不错,人也挺端庄大方,而且还有亲和力,我觉得你很适合"。

"请问一下，这份工作是做什么的?"

"啊，你不知道我的公司是做什么的吗? 我们是卖高端订制内衣。我们的客人至少都是有消费力的中产阶级，客户来源完全不是问题啊。而且我们跟各大美容院都有合作，通路完全没有问题。而且我们家内衣和其他家的内衣都不一样，为每个人量身打造的，你看到就知道了。而且……"

"章姊，等等，"我在她说到第三个"而且"时打断，"所以我是去做什么职位的?"

"我刚说了呀，我们是卖订制内衣，你当然就是来帮我们卖内衣呀。我这个老板也是内衣销售，相信我，天底下没有比销售更有趣的职位。"

"我……"我第一个念头是抗拒，"但是我没有相关经验，怕给您添麻烦……"

"销售是最不需要相关经验的了，这是份只要努力、有热情就可以做好的工作喔。你不要觉得自己不行，尝试了才知道行不行嘛。相信我，这是份有意思的工作，而且我们底薪虽然只有四千，但有公司宿舍啊，不用付房租，省了多少啊。"

"我……我不知道能不能胜任呢……"我脑袋乱

哄哄的一片，但随即章姊说的话却打动了我："珉珉，你还年轻，你不要被'销售'这两个字的表象困住，多尝试才知道自己适不适合。如果你不给自己尝试的机会，你就不会知道那条路的风景如何，不是吗？"

"放心，如果有困难我会帮你的，台湾人帮台湾人嘛，在这里我们都是自己人。相信我吧，好好考虑。"不等我回答，章姊就说要去开会了，匆匆挂上电话。

台湾人帮台湾人？刚到北京时，一位浪迹台湾圈子的前辈千叮咛万交代"大陆的台湾圈子复杂，听到那种台湾人帮台湾人的话都别轻信"，但是，章姊的几句话回想在我脑海里。

有住宿，你又不会流落街头，怕什么？你还年轻，不尝试怎么知道？

春节过后，我拖着行李箱站在熟悉的北京地铁里，还没回过神——天啊，为何一下子变成这样？我从大型外商的公关变成……订制内衣销售员？

在与章姊通完电话后没几天，我到公司提了辞职，因为辞职要比"试用期没过"听起来好太多，同事们问我下一份工作有何打算？我很要面子地说："有一个认识的台湾朋友要让我进他的公司。"登时同事们的眼睛亮了起来:"去朋友的公司啊？好棒啊!"总监在部门会议时指着我说:"大家也别羡慕她,毕竟是台湾人嘛,还是有一些人脉的。"

台湾人,在大陆是集优越感、轻蔑、亲切、同胞与外人为一体的复杂名词。

辞职完后不久就过春节了,我妈知道一个"台商朋友"找我做事,只是不知道是卖内衣,她以为是"活动策划"——工作名称依然光鲜亮丽,且符合我的"专业"。或许是看我有些魂不守舍,我妈小心翼翼地试探:"不如回台北工作?"

回台北还是卖内衣,我选择了后者。对,我宁可暂时做一份月薪四千的工作,至少我能先留在大陆,至少我还没被"淘汰"出局。

想象一下:出去读了两年硕士,就这样被开除然后灰溜溜地逃回台湾,然后被各路朋友表面式地安慰——哎呀,大陆那里本来就竞争激烈,我们台湾人从小环境好太多,哪里比得过他们？回来舒舒服服的也挺好。当初就告诉你别跟风去大陆,那里的钱可不好挣,好多"坑人"的……

我不要,我不敢,我不甘心。这样的画面我想到就不舒服。

所以过完年后我将上海的房子退租，只身带了一个大行李箱和一个大背包回到了熟悉的北京南站。尽管是冬天，我依旧汗流浃背地走出传媒大学地铁站，开着导航左弯右拐地，找到了一个破旧的老小区。小区门口坐着一帮大爷，看见我犹疑着走进小区，一伙人嘻嘻哈哈地打趣："想不到现在还有年轻姑娘住咱这破小区，现在年轻人北漂太不容易啦！"

　　我看见有一栋老楼的地下室似乎还冒出油烟味，从缝隙看还有人晾着衣服，不是已经不让住地下室了吗？我愣愣地问经过的大妈，大妈瞪了我一眼，踩着重重的步子离开。这什么鬼地方啊？

　　四号楼一单元四楼……这宿舍连数字都不吉利，我一边气喘吁吁地爬着楼梯一边在内心咒骂，然后在"401"的生锈铁门前停下，敲门。

　　按照章姊的说法，她已经拜托朋友这时候在宿舍接待我，但没有人应答。我敲了一次、两次，咚咚咚，咚咚咚，然后从敲门变大力拍门。终于门被打开了，一个穿着睡衣的女孩面无表情地看着我，做出了"请进门"的手势。

　　"章姊说两人一间，现在两间房子都还有床位，看你睡哪间。这是钥匙。"

我听出她的口音："你也是台湾人？"

"嗯。"

"台湾哪里人？"

"台北。"

"我也是台北耶，我是永和。你呢？"

"我是天母。"

"哇，有钱人的区啊，还跑到北京受苦。"我笑嘻嘻地调侃。

她看了我一眼，没说话，拿出一罐优格慢条斯理地插上吸管喝。在此科普一下，永和是新北市，并不算真正的"台北"，而天母是台北市的高价区，我突然觉得有点可笑，这姑娘在台北市的住宅应该比这个破烂小公寓好太多，还是绿化面积好、到处都是昂贵西餐厅的天母。我们这代台湾年轻人啊，从小住好吃好，长大后却在他乡苦苦地扎根。

"你也是帮章姊做事吗？你做什么的？"我开始找话题闲聊。

"我不是帮章姊做事，我只是跟她租个床位，因为便宜。"

"我还以为这是员工宿舍。"

"省成本，反正空着也是空着。"

"那你是做什么工作的呢?"

听到这话,她原本清冷的神色更冷了。"抱歉,这是我的隐私。"这话对于一向讲求客套的台湾人而言已经很重了,等同于"你真多管闲事,闭嘴好吗"。

"请问你到底要住哪一间房?"她终于主动发问了,只是语气不善。

"稍等喔。"我勉强挤出一个笑脸,赶紧去比较两间房间的异同。两间都有一扇窗户和一张小书桌,都没有空调,连面积都差不多。差别只在一间是上下铺,一间是两张单人床,上下铺那间的下铺堆满了杂物,看起来像个小仓库。"我住单人床的这一间吧。我喜欢单人床,上下铺感觉好像学生宿舍喔。"

面对我的友善笑脸,她的脸色还是不太好看,但没有刚才的僵冷。"嗯,可以的,我也是住那一间。"

"那我们就是室友啰,多多指教。"我说完后,她一言不发地走进房间,然后当着我的面,砰地关上房门。我缓缓舒了一口气,将自己摔在小客厅上的沙发上。幸好台湾人普遍认为住客厅不吉利,所以这间宿舍小归小,还保留着小客厅——虽然也堆满杂物。

不过幸好有个安身之所,目前对于前途一片迷茫的我,至少不用多花一笔房租钱。我把自己卷在小沙发里,拿出刚在北京南站买的青岛啤酒喝着,茫然地盯着紧闭的房门,就这样坐到夕阳西下、坐到小区外的路灯亮起。

那天晚上,没有枕头也没有被子的我,头下垫着大包包、身上盖着羽绒服躺在床上,统计着目前需要的花费:六包康师傅西红柿鸡蛋面、一盒鸡蛋,这样两天的饭食有着落。然后还要买个枕头、棉被、床单、洗衣精……算到最后发现,我最需要买的是一打啤酒,不然每晚怎么入眠?

在那之后的两天是周末,我忙着安顿这个暂时的栖身之所。而那女孩成天就是睡觉,一天可以睡十五小时,她总是将棉被盖过自己的头闷着睡,就算醒着也是拒人于千里之外的表情。

周日下午,我从快递手上接过崭新的棉被和被套,在房间奋斗了半小时被套就是不能服帖地包裹棉被——我有个致命的缺陷,那就是不会装被套。在我骂出第十次脏话后她走过来,不快地问:"你搞什么鬼?"

然后,她帮我装好了被套,再度躺回被窝。我看着装好小熊被套、工角平整的被子,脱口而出:"喂,你叫什么名字?"

　　"思凯。思念的思，袁世凯的凯。"然后，被子盖住她的头，恢复成那个不愿理人的刺猬模样。

　　那天晚上天气不冷、空气也不错，一轮月亮配上几颗星星点缀，我去小区门口买了一盒快过期的特价草莓，然后穿着羽绒服坐在小区外的板凳上，吃草莓配啤酒。我计算着自己目前少得可怜的存款（一万零几百元），看着楼里每个小窗户中透出的灯光。我发现小区的老人家偏爱用散发柔和黄光的灯泡，而且不太会用抽油烟机，煮饭时油烟伴随"啪嗞"的炒菜声飘出窗外，我内心不自觉柔软了——这个暂时的"避难所"也许并没有这么糟……

　　手机震动了一下，是研究生时期的好友传来的信息："亲爱的，你回北京啦？有空聚一下吧？"

　　我飞快地回复："是啊，我刚回来工作，不过有点忙呢,忙完这一阵子再聚吧。你最近好吗?"

"累死了,结婚之后生活只会负担更重啊,要还房贷嘛。"

"你们婚房长什么样子? 改天拍照片给我看啊。"我说着随意的客套话,没想到下一秒她真把婚房的照片传给我看。有落地窗的大客厅、白色的纱质窗帘随风飘荡、深灰色的大沙发、窗明几净且插着花的精致房间……好美喔,我传了张赞叹的表情符号。与此同时我再次自卑地痛恨这个破旧的小区,被忌妒啃噬着我的此时此刻,多希望自己在台湾。

至少我身边的台湾朋友,多半如同我一样住着不是自己的公寓,没有人会买大大的婚房,甚至没有人想结婚。我此刻脑海里想到的,是下定决心离开台湾、与承恩分手时,他最后扔下的那一句话——到那里,你会后悔的。

第二章

到那里，你会后悔的

去北京,我的这项决定毫不费力就得到了家人的理解和支持,唯一为此痛苦不已的,就是承恩。

　　承恩是唯一强烈阻止我来北京的人。承恩的朋友们每次都半开玩笑半认真地跟我说"要好好抓紧承恩喔",因为承恩的父母都是医生,在台湾医生收入高、名声好,承恩如果在相亲市场上打着"医师家庭"的旗号不知道会有多少女人抢着要。承恩本人条件也不错,外形不错、身高一八零,而且读的是台湾第一学府。

　　他们不明说,但我知道在承恩的朋友眼中,我"高攀"了。

　　我跟他认识源于一场在书店的讲座,那时候台上的演讲者突然问我:"请问你对阶层固化有何看法?"我愣愣地问:"抱歉,什么叫阶层固化?"然后清晰地听到身后传出了一声"嗤"的冷笑声。

　　我回头,看了对方一眼,那个男生身上穿着大学社团的团服，衣服上清楚地写着"台湾大学"，那时我不知道为什么失去了瞪他的勇气。从小爸妈就教我"不论何时，挺起胸膛"，但是当我发现我的知识水平比别人差一截，而且对方又是台大的。那一瞬间，我确实自卑了。

出乎我意料的是讲座结束后，一个斯文有礼的男生拉着刚才鄙视我的台大同学走到我面前，很郑重地微微弯腰："对不起，我和我朋友跟你道个歉，他其实没有恶意。"然后，这个比我大一岁的斯文男生成为我人生第一任男朋友，那时我刚升上大二。

台湾常喊着"废除只看文凭的教育""不要有阶级意识"等公平正义的普世价值，但这些在我看来不过是文人喊一喊的虚假口号——我在跟承恩交往时明显感觉到文凭的重要性。承恩的朋友有时会开玩笑地问："你们辅大的女生就是穿高跟鞋、小背心四处玩的吧？"有时候在讨论正经议题的时候也会说："就是某某理论啊，某某理论……呃，你懂吗？"

承恩的父母一开始听到我在辅仁大学读书的时候有些皱眉，就算世人普遍认为辅大是好学校，它跟台大还是有"阶级差异"。后来他的父母接受我了，原因是我是出生于公务员"世家"的孩子，我家爷爷奶奶、爸爸妈妈和姊姊都是公务员,在经济不景气的台湾"公务员家庭"给我加了不少分,他父母说:"公务员家的孩子至少乖巧,而且稳定,她的家庭以后不会拖累你。"

当承恩在公园旁的咖啡店亲着我的脸,兴高采烈地跟我说"我爸妈觉得你不错,因为你是公务员家庭"的"好消息"时,我已经知道了什么叫"阶层固化"——公务员"世家"的孩子,以后也很可能会是公务员,找的对象也可能是公务员;医生家庭的孩子,往往就读最好的高中、大学,以后也会成为人人眼中的精英。这就是阶层固化。这是我上大学后学到的第一个社会现实。

但是承恩并不是一个注重阶级的现实男人,他骑着一台不怎么豪华的小摩托,最喜欢的电影是宫崎骏的动画片《龙猫》。"希望每个人都能庆幸自己诞生在世界上,这就是宫崎骏的动画片想表达的。台湾有很多小美好,等着我们去发掘。"

那是因为你是台大化学的,你是社会上的"抢手货"——我有时忍不住想告诉他。我想告诉他,我的学长姐就职之路并不好走;我想告诉他,有时我真的好怨恨,为什么我不是出生于台湾经济起飞的年代呢?

承恩是个典型的温柔台北男孩子，每当我对未来有黑暗的厌世念头时，他会载着我去台北关渡看海、去淡水的码头搭船或是骑摩托车上山看夜景，就跟台湾偶像剧的情节一样。大三暑假时我在一家规模不小的知名企业实习，不少台湾企业对实习生的态度就是免费劳工，每天加班到晚上十点，周末还去街上帮公司的客户发传单——当然不会有倒休或是加班费。我微笑将传单放在行色匆匆的路人面前"请参考一下喔"，然后被白眼或是被忽视。

我没想过的是，在我看来是"天之骄子"的承恩连续两个周末都牺牲与朋友聚会的时光，帮我发传单，他理所当然地接过我手上一半的传单，然后微笑递给每个行人。他的笑容没有勉强，也没有不愉快，但我看着他的笑容，莫名地有点恼火。

在发传单工作的最后一天，好死不死承恩的朋友经过我们发传单的台北车站前，大呼小叫地说："哇塞，邹承恩你发传单耶！帮嫂子发传单啊？你们很恩爱喔。"我挂着勉强的笑容，简直想大叫——我没有叫他发，是他自己来帮忙的！还有，关你们什么事？

那天工作结束后他跑去便利店，买了一罐冰的水果味啤酒给我，把我搂在怀里："要不要去吃热炒？虽然天气有点热啦,但今天过后就不用发传单了,总该庆祝一下。"

"我说过你不用来帮我发传单的,你这样只会让我觉得很对不起你。"我闷声说。

"不会呀,把这个当作一种社会学研究,不是很有趣?你看,不愿意拿传单的人有些是臭着脸摇头,有些是尴尬地摇头,还有些人会跟我们道歉'不好意思,但我不想拿'。为什么会这样呢?这可能跟他们的教育和家庭背景有关,是不是很有意思?"

"你可不可以别这么不现实?"我挣脱他的怀抱,可耻地哽咽了。"你知道吗?你会觉得有意思,你会把它看成一项社会学研究,因为你是台大的,你是台大理工科系的,这些背景都保证了你以后不用从事发传单的工作。但是我的专业呢?我要好努力才能进大的活动公司或广告公司,然后,可能还是得去帮小气的客户发传单。"

"这对很多人来说是工作,是生计,不是什么社会学研究。"我转过身,用纸巾把眼泪鼻涕都擦掉。那时我知道了,发传单这个工作或许让我介意,但我真正介意的是我认为自己配不上承恩。承恩那时已经毕业,在一家很不错的外商药厂工作,我呢?我能找到与承恩匹配的好工作吗？

承恩没再说话，把我抱得很紧。很久之后才轻声说："就算以后你去发传单又怎样，你也是传单小妹里最亮眼的。"我捶了他一拳，然后破涕为笑。

承恩偶尔会跟我抱怨"同样的职位，某个学长在上海多少多少钱，反观台湾薪水……"，他对薪资多少有些不满，但他所在的行业在台湾被视为前景大好、一片光明的热门行业，薪资也不是我这样传播学院出来的文科生能比拟的。承恩常挂在嘴上的是，其实这样也挺好的，其实这样也挺好的。

其实这样也挺好的。我分不清他是真的觉得好，还是说服自己。我也会应和，对啊挺好的，而我知道我是在说服自己。

他知道我对薪资和工作前景忧虑，但台湾人嘛，谁对薪资满意？比起许多人，我俩在台北过得简直太舒服了，都住家里，就算想租房子，收入相加也可负担得起台北市地铁站附近的两室一厅，若结婚了承恩的父母甚至愿意全款买房。套句承恩说的，其实这样也挺好的。

承恩没想过我会真的离开台湾。在他眼中我乖巧、没有野心，他加班我送便当，他累的时候我帮他按

摩肩膀。他说我乖巧的时候，有那么几次我想开口说什么，但总会死死咽下，然后喝一口冰咖啡，挂出笑容。

大学毕业后我一边工作一边申请北京大学，申请材料交出去后我才告诉承恩，他先是睁大眼，而后他眉头深锁。那时候我竟然很想笑，啊，交往这么些日子，我第一次做出了超乎他预想的举动。

沉默了几分钟后他才缓缓表示："你确定吗？那里的老师好吗？北京耶。"

我原本的计划是温柔地安抚他，比如我一定会联系你的，我一定不会移情别恋的，但听到这样自以为是的质疑让我的声音瞬间冷下来："北大在世界大学中排名比台大还要好。"

说完我就后悔了，这话很过分，我其实想说抱歉的，但最终我还是没说。

他沉下脸，我们第一次的沟通就这样不欢而散。后来我俩装作什么都没发生，我们照样骑在同一台摩托车上去看夜景，只是偶尔他会说出几句别有深意的话，比如某次在火锅店吃海鲜锅时，他突然跟我说："台湾也没什么不好，虽然近年一直不景气，但你知道吗？以人均购买力来说台湾位列世界前十几名，台湾人的生活水平位居世界前列，跟欧美国家差不多。"

"我对台湾的人均购买力不感兴趣，我只知道在这里我可能会过着十年月薪三万多块（新台币）的生活，每天看着电视上国民党打民进党、民进党打国民党，然后感叹'看看看，台湾就是被这些政客搞坏了'，再然后老死在爸妈的房子里。"

"你在这里生活可以过得不错啊，你为什么这么讨厌台湾？"

听到"讨厌台湾"四个字，我恼火起来："我没有讨厌台湾，只是我看不见未来，我要努力多久才能拿到四万、五万（新台币）的薪水？十年还是十五年、二十年？你不懂我所在行业的薪资情况有多可怕！我讨厌你们这种动不动就扣帽子的人!"

他没说话,搅动着火锅里的海鲜,过一会儿他换了一个说法:"但是你没去过大陆啊,你以为真的像《商业周刊》里说的那么好吗?那里是有钱人有钱得要死,穷人穷得要死,而且你去那里一定斗不过别人。"

"你不是也没去过那里吗?哪来这些言之凿凿?"

"我亲戚的朋友是台商啊。"

诸如此类的小吵架发生了几次,真正的爆发点是我拿到北大的录取通知书后。承恩傻了,从他的表情看来我知道他没想过我真的会考上。"你为什么一定要去北京?"他无力地问。

这些天他就这样一遍遍、一遍遍地问这个我已经回答无数次的问题。你为什么一定要去北京?在台湾就不行吗?跟我在一起的未来,不好吗?

"寒暑假我就会回来了,你不是也一直说爱我?为什么无法接受远距离恋爱?"我深吸了一口气,闭上眼,再次开口时我决定坦白一切:"这两年多来我们交往,我总感觉自己抬头看着你,我总感觉你身边的朋友和家人都在告诉我'你怎么配得上这么优秀的男人?'你可以说我是自卑,但是我不是那种会埋怨一切、不起身做点什么的人。我想变成那种能理直气壮地说'我就是值得优秀男人'的女人。"

"所以,我会去北大,不管别人说什么。"

他松开原先握紧我肩膀的双手,这是能言善道的他第一次说不出话,他没开口前我已经落泪了。承恩会跟我分手,我们这点默契还是有的,他要他的女人陪在身边嘘寒问暖,而不是靠着一部手机维系感情。他就像许多家庭条件不错的台湾男人一样,不求女人多有出息,有还可以的学历就行了,但是要中产家庭、要有教养、要让男人有面子,我符合了他所有的条件。但是最终,他脑海里刻画的那幅幸福家庭画面里,女主角不是我。

那一刻我是真心希望:女主角不是我,但是会是个比我更美好的女人。

"到那里,你会后悔的。"他丢下这句话,扬长而去,这是我们的分手宣言。

我后悔了吗?

到大陆两年多后成为一名内衣销售员的我,此刻面对这个问题,仍然无法斩钉截铁地说"后悔"。我吃过的挫折太少,我容易因为一点打击便自暴自弃,所以我把这份"天上掉下来"的内衣工作当成一个短暂躲避的避风港——至少，这份工作让我暂时不用灰溜溜地逃回台湾。何况，如果我没有在我的专业领域成功，那么换一个完全不同的工作，说不定更适合我？反正我爱说话，爱说话的人去做销售，有何不可？

说这想法是一厢情愿也好，但那时的我情愿这样相信。

以一个"内衣销售"身份正式开工的第一天，完全出乎我意料，章姊让我上午十一点去某家连锁美容院与公司同事会合。等等，为何是美容院？不应该是内衣店吗？

"我们是做高端量身订制内衣和塑身衣的，与美容院配合。我们不是那种连锁的品牌内衣店啦，反正你做几天就知道，我先让同事带你。"章姊欢快地说，顺便给我发了美容院的地址。

等我到达现场后才发现，那家美容院位于门禁森严的小区，我观察了一下，从地下车库出入的车辆中最低阶的是奥迪。门口的警卫一脸严肃地查看每个进出的人，我趁着一个男子刷门卡的间隙从他身旁钻进去，像是做贼一样。我在美容院外照着窗户玻璃打理了一下头发，抹上了淡色口红，背着我唯一的一个"名牌包"Coach，然后推门进去。

一进去后就发现自己多心了，里面的女孩穿着统一的淡粉色制服，盘着基本的包头，笑意盈盈地看着我"有预约吗？"

　　"我、我是章子良高端订制内衣的……"我莫名地结巴着。

　　"啊你就是新来的同事吧？你好你好。"一个女孩跑过来热情地握住我的手，我这时发现她没有穿制服，而是穿着不太符合她年纪的黑色洋装。"你姓什么？"

　　"郭。"

　　"跟大家介绍，这是郭老师喔。"女孩大方地介绍着，一群年轻的美容师围过来笑嘻嘻地说"郭老师好"，我差点被口水呛着，这年头"老师"头衔泛滥，一个完全不懂的内衣菜鸟竟然是"老师"。

　　"郭老师很厉害喔，是我们老板的朋友，也是台湾人。"女孩继续说着，我的脸越来越红，一群小美容师听到"台湾人"三个字又"哇"了一声，然后开始问东问西。"我是江西人，你去过江西吗？""你到北京多久啦？""我以前没碰过台湾人呢，你们那儿讲话是不是特别温柔？""那里的男生很娘吗？""郭老师有没有考虑交个大陆男朋友？"……

　　拷问了半小时，有客人来了，一群美容师立刻进入专业模式，齐刷刷地高喊"欢迎光临"。那是一个普通的中年妇女，一脸随意地将外套丢给赔着笑脸的柜台女孩，女孩赶忙接过，一边笑着问："今天还是老样子吧？"

"嗯。"中年妇女瞥了我一眼，熟门熟路地进包厢了。

"那是谁啊？"我轻声问同事。

"美容院的一个老客户，你以后会发现这些看似每天跳广场舞的中年妇女多能花钱。"美容师们已经开始忙活了，同事一边回答一边把我拉进一间空的包厢。"这张量身表给你，上胸围、下胸围、腰围、臀围、膝上围、膝下围……有概念吗？"

我愣愣地摇头，同事叹气，有拿过卷尺吧？淘宝时会帮自己量胸围吧？见我还是傻傻地摇着头，她笑笑："没关系，等等我会帮客人量身材，我念什么数字你写什么就行了。"

"等等，我不用学学怎么跟客人推销吗？"

"你傻呀，你这些基本知识都还不懂，怎么推销。不要急，一开始都是这样的。"

后来我才知道这个教训我的年轻女孩是1993年的，叫方玲，初中毕业后就出来闯荡江湖，我一边整理内衣样品一边问，为什么不继续读书呢？

"我不爱读书，我爸妈就让我去工作啦。"

我小心翼翼地问："你需要……贴补钱给家里吗？"

她大笑："什么呀！我家拆迁了，爸妈都退休了，还常给我钱。对了，章姊说过你是北大的？好厉害喔！"

我局促地"嗯"了一声，把手中的内裤摊开来重新折了一次。我差一点想掏出手机传信息给章姊，不要说我是北大的啦！

在那一瞬间我突然想起承恩，他陪我发传单的时候碰到他的朋友，当时他笑嘻嘻地跟朋友说"这很有趣喔，可以当作一种社会研究"。他是不是也用了这个"学术"的理由，来掩盖自己发传单的尴尬？明明知道阶级意识是很丢人的，明明口口声声工作无贵贱，但"我是名校毕业的耶，我怎么还做这种工作"——这种"落伍"的想法还是会不断冒出来。

明明知道一定有人会说"北大毕业又怎样？一样买不起房，在北京都是农民工"，但是，我遏止不住这种"名校不应该做这种工作"的可笑想法。我上班第一天就有客人听出我的口音是台湾腔，随口问我，你是在台湾读完大学就过来工作了？我立刻回答："嗯,章姊是我朋友,我来帮她。"

这说法让我舒服许多。

接下来的几天,我搞懂了我目前的工作。我们与各连锁美容院配合,美容院不是会推销什么减肥塑身套餐吗？等美容师推销告一段落,若客人不反对,我们会进包厢跟客人介绍我们的订制内衣、塑身衣等。我跟在方玲身边,她说一个数字我记一个数字,胸围80厘米、臀围96……然后,捧着一堆内衣样品在旁边待命。我看着方玲努力地将客人背部、手臂上和胸侧多余的脂肪塞进内衣里,称赞客人胸型好看、身材曼妙。当时的我明明什么都不懂,却下意识地不喜欢这份工作。

正当我觉得这份工作有些无聊的某个上午,方玲因为堵车还没有到美容院,而客人已经在包厢等待了。美容师满头大汗地冲进来："郭老师,方老师还没来吗？那就您帮客人量一下,可以吗？这个客人是个能花钱的大客户喔。"

方玲交代过我,在美容师眼中我们都是专业的"内衣老师"。我在工作第二天时老实地告诉一个美容师"我刚入职,对内衣也不太懂",她把我拉到旁边,垮着脸数落了一顿。"你不能告诉美容师：对不起，我是菜鸟，我不是老师。不管如何，都必须展现专业。"真是的，被一个1993年的女孩教训，我这些年怎么混的？

所以，此刻我不能漏气了。我看着眼前不过二十来岁的年轻美容师，淡淡地笑了笑："好的，请稍等。"然后从包里拿出口红，抹上，拿着卷尺走进包厢。

直到很多年后的现在，我都还记得我独自服务的第一个客户，那是个约莫四十多岁、盘着头发、非常有气质的女人。当她脱下衣服的那一刹那，我愣住了，白皙的皮肤上乳房下垂，用庸俗标准来看是很不性感的胸部。从她身材保养得宜来看，昔日她可能也有如泳装模特般性感的身材。"你是刚上班是吗？"女人开口了，淡淡的口气，没有任何情绪。

"对不起，我上午没有喝咖啡，可能反应有点慢。"我试图用幽默的态度缓解。

"没事。我知道你刚才在想什么。"女人微微一笑："我以前也有很好看的胸部，跟你的一样好看，生了两个孩子后很难维持了。"

我脱口而出："真的没有，我觉得你的身材保养得很好！说实话，我都不知道我四十岁能不能维持这样的身材。中国女人对自己实在太苛刻了，何况中国男人普遍又不是多帅。"

女人噗哧地笑了出来："你这个推销内衣的，讲话怎么这么直接？还有，你不是要帮我量胸围吗？"

"啊，光顾着聊天了。"我不好意思地笑笑，学着方玲的动作，先抽出一段卷尺，然后从女人的腋下穿过，一不留神卷尺从手里脱落，然后我看着自己的手指明显颤抖，将卷尺胡乱地围成一个圆。"呃……胸围是78……"

"等等，先别量了，今天先不买，改天再说吧。"然后，她没理会我错愕的眼神，将浴衣披在身上，用实际行动告诉我：你可以滚了。而身为脸皮薄的销售菜鸟，我的脸颊像挨了十记耳光那样火辣辣地，胡乱地将卷尺、小兔子原子笔和那些该死的内衣样品塞进怀里。在逃离这间包厢前，我听到女人轻飘飘地丢出一句话："希望你能早日适应这份工作。"

我回头，正对上她的眼神，这时我才发现一个稍微历练过的人就能轻易看穿我。我是一个底气不足、把心事写在脸上的……傻蛋。

随后赶到的方玲安慰我，这没有什么的，哪有销售能好运到一开工就卖出东西？"只要你好好努力，以后可能成为王牌销售员呢。"她说这句话的时候我随口应和，她发现我的心不在焉："你是真的想做这份工作吗？其实我一直好奇你这样学历的怎么会来卖内衣？我知道章姊也是很好的学校毕业，但是她毕竟是创办人，不太一样。你呢？你为什么会选择这工作？"

我犹豫了一下，看着她的眼睛，老实回答了："因为我失业了，我不知道要做什么工作，章姊觉得我爱跟人聊天，可能是做业务的料，所以……"

所以我把这里当作一个紧急的避难所。我原本以为方玲会嘲笑或不高兴，但她笑了："原来如此，但说不定你适合这份工作喔。"

"为什么？"

"因为你有很棒的胸部啊。对于内衣销售而言，这也是个很大的优势。不信的话你现在去换上这件内衣。"她递给我一件粉色文胸，看我傻站着，催促"快换上呀"。

等我换好之后，她跑过来稍微调整，然后把我拉到大镜子前面："你看，好看吧？"

这是我第一次仔细看自己所卖的产品。以往我都是随便折两下，然后丢回塑料袋里。我不觉得这些内衣和市面上的有什么区别，要我分析这个产品的优势，我除了像背诵课文般重复制式的"这是我们量身定做的,感觉舒适"之外,什么都不明白。但是此刻的我似乎明白了点什么。

原来,我如果不正视自己目前的工作,什么也不会改变,我依旧浑浑噩噩。

"这件内衣好漂亮。"在那一刻,我决定成为一个内衣销售。

就算这只是暂时的工作也好,我也该认真对待这份工作——既然已下定决心,我决定下班去小区门口的烧烤摊"奢侈"一下,点五串烤羊肉庆祝。烤串是由一对中年夫妇经营的,老公拿着竹签子串起一块块生肉,老婆利落地在烤炉前翻转羊肉并刷上酱汁,一边烤肉夫妻俩一边讨论北京的热门议题:孩子该不该多上一门绘画课。

从两人的对话中我得知他俩有一个六岁孩子,妻子在二十岁就生娃了,我掐指一算这对夫妻的年纪竟然跟我相当,长年劳动的结果是两人看起来有些沧桑,这样身材瘦弱的夫妻如何扛起一个家的?他们不担心养不起孩子吗?

拿到羊肉串后我像小区的老大爷一样,坐在小区门口的板凳上观察路人甲乙丙丁，我现在能明白为何不少男人宁愿在外头厮混也不回家——回家太多糟心事，正如我不想回去那老旧的宿舍面对活得像丧尸的室友。我一边吃着羊肉一边数有多少人牵着小孩，有多少人是单身，然后发现本区域出现频率最高的是老人与小孩，驼背的老人牵着牙牙学语的娃儿。

为何要生孩子呢？愿意生孩子的地方，人们在想什么？

我看着不远处的烧烤摊夫妇，他们要买房、要生娃，还要给孩子报三个才艺班，为什么在北京这么苦，大家却还是有这么多欲望？大陆人想要的太多了，而我的台湾同龄朋友们，想要的只有一份三万五新台币的工作，不要失业，可以负担得起拉面和台湾啤酒，然后每年去两趟日本韩国。

什么结婚、买房、生儿育女，在台湾只有两种人会干这种事：有钱的、想不开的。我的父母九零年代买下我们的家时，台湾大学毕业生一个月快六千人民币，而我家的房价一坪不过一万五人民币左右，那是个多有希望的年代啊。这些台湾父母辈如今又是多么隐忍，明明也有传统的中国人老观念，想抱孙子，却也不忍催促孩子们结婚生子。

我突然有找人聊天的冲动，点开微信后又退出了。能跟谁聊呢？打给那些如今有着安稳工作的大陆公务员同学？打给以为我在北京是职场女强人的台湾朋友们？最后，我的选择是点开手机里周杰伦的《稻香》，把声音转小，贴着耳朵听：

不要哭　让萤火虫带着你逃跑

乡间的歌谣永远的依靠

回家吧　回到最初的美好……

听到鼻头发酸时，一双手在我面前挥呀挥："哎，不好意思，请问一下，这张纸条上写的小区……是这里吗？"

我关起手机，点了头，三秒钟后意识过来，真熟悉的台湾腔。

"谢谢噢。"光凭着这句话，眼前这个看起来像刚大学毕业的阳光男孩一定是刚到大陆，至少没来超过三个月。哪有台湾老鸟会说出这么嗲声嗲气的尾音"噢"。

我把空的羊肉袋子扔进垃圾桶，跟在男孩的背后走回宿舍，我绝对不是变态跟踪狂，只是以同胞的立场好奇他会住在哪一栋。然后就像庸俗的连续剧一样，我们住在同一栋楼，我看见他吃力地把两个大行李箱拖上楼。

"我帮你吧。"我快步向前,在感谢声中接过他的大背包,然后,这家伙该死地就住在四楼,我们的破房子对面。

"原来是邻居呀。我刚搬来,你好,请多多指教。"他伸出手,典型的台湾男生作风。

我淡淡地说:"我是永和的,你呢?"

他有点愣住:"我……我是台南的。哇塞,真没想过北京真的这么多台湾人欸。"

"你为什么到北京?"

"我女朋友在这里呀。她是大陆人,我们是在大学时认识的,她鼓励我过来看看。"

"嗯,祝你待得愉快。"我没有多说什么,拿出钥匙,然后砰地把家门关上。台湾男子爱上大陆女子不是新闻,只是时代真是变了,以前是大陆女孩嫁到台湾,现在是台湾男人为爱北漂。

只是真怪,怎么三个台湾人偏偏就住到同一个小区,还是同一栋楼呢?

这个疑问在两天后就得到解答。周六上午我被巨大的摔东西声吵醒,然后男女的吵架声传来,我爬起床贴着门,得出吵架的原因是亘古不变的老话题:女生觉得男生没有上进心,男生觉得女生太过现实。现在都还年轻,四处玩有什么关系?

砰!摔门声伴随着"傻X"的怒吼声响彻楼梯间,然后我听见一个女生一边啜泣一边踩着高跟鞋远去的声音,出于一股莫名的好奇心我打开门,然后看到那个阳光大男孩正望着女孩离去的背影发愣,看见我,明显得尴尬了。"你……听见啦?"

"一清二楚。但是有人可以吵一吵,总比我这个还找不到人跟我吵架的单身狗强。"

男孩勉强一笑,半晌后他突兀地问:"你要不要进来坐坐?反正都是老乡。"

"好。"我没怎么犹豫就走进门。毫不犹豫走进一个陌生男人的房子?后来想想,自己当时是真的很寂寞。

进屋后我发现和我住的房子一样是两房一厅,一样老旧,但打扫得挺干净。我坐上沙发,男孩从厨房拿出一杯熟悉的饮料。"苹果西打!你竟然有苹果西打!不错嘛你!"

"我从上班的餐厅偷的,不错吧?"

"你在餐厅上班?"

"嗯,烤肉店,别看我这样,我是个烤肉小高手。

那个烤肉店是我叔叔开的，看我大学毕业这些年闲着没事，索性让我到北京的餐厅帮忙。这是我叔叔空出来的房子，我昨天还跟他说碰到台湾人了，就住我对面，他说那是他另一个台商朋友买来当员工宿舍的。你是帮那个台商朋友工作的？"

原来如此，难怪一帮台湾人就这样相聚了。我恍然大悟地点点头，他追问："你是做什么工作？"

"卖内衣。"我强而有力地发出这三个字的音，卖、内、衣。然后，自己笑出声："我告诉你，你是除了我的同事之外，第一个知道这个秘密的。我是台湾人，我有不错的学历，我在这里卖内衣。如果我朋友知道了一定会用那种'是吗？没关系，行行出状元'的客套语安慰我。"

他愣了一下，然后也笑了，"所以你会这么坦率地跟我说，是因为我也是个怪人吧？我是台湾人，我也从不错的大学毕业，然后过来北京当烤肉店店员。不是店长，是店员。我和你一样，都是在北京的台湾鲁蛇。"

鲁蛇，台湾网络用语，loser，是台湾年轻人普遍的自嘲。用这个词来形容此时的我再贴切不过。"喂，鲁蛇，我叫郭珉珉，你叫什么名字？"

李皓宇。这个热爱傻笑的阳光男孩子,有一个偶像剧式的名字。

后来我们喝光了一大瓶苹果西打,我一边打着饱嗝,一边听完李皓宇目前的人生。李皓宇出生于1990年,他的故事是一个普通台湾南部孩子的故事。

李皓宇从小听最多的话便是:"真是不肖子。"不肖子不是他,是他爹,他是奶奶带大的,从小长在台南,爹娘在新竹科学园区工作。到大陆后常会有大陆朋友笑问:"台南喔?那里很绿吧?"李皓宇总是翻白眼。

大陆朋友只知台南"是不是绿的",皓宇懒得跟他们解释。他记忆里的家乡是甜甜的花香味,还有好便宜的芒果冰,以及奶奶对自家儿子的碎碎念:"去了北部也不多打电话回家,每天工作工作工作,小孩是会自己长大是不是?"奶奶骂着骂着,发现小小的李皓宇正从房间探出头来,转头就骂:"看什么看?不好好读书,知不知道你爸爸妈妈为了让你多读点书多努力赚钱?"

早年丧夫的奶奶是女强人典范,独自把儿女拉扯到大,后来儿子女儿和儿媳都在科学园区工作,奶奶讲到就骄傲:"以前老说南部小孩比北部小孩不会读书,结果呢？阿仁你也要多争气,知不知道?"

　　但是皓宇见过奶奶生病的样子,生病时奶奶绝对不让儿子知道,自己一边咳着一边装没事。皓宇常想,奶奶的儿女在北部,隔壁邻居家老爷爷的儿子在大陆,台湾南部的老人家得多坚强才能自己留守在这里?奶奶会开着那台小破日本车,载着皓宇去英语班补习,甚至学会跟金发碧眼的英语老师说"估摸宁","估摸宁老苏(老师),我们皓宇麻还里了吼(我们皓宇麻烦你了)"。英语老师不太懂南部口音,只能傻笑。

　　父亲母亲节到的时候,皓宇会先"仪式上"地打电话给爸妈问好,听完爸妈在电话那端"好想你呀"的宣言后,再拿出手做的卡片或康乃馨给奶奶。奶奶通常

会先问:"有没有打给爸爸妈妈?他们想你呀。"看见皓宇点头,奶奶才放心地收下,珍而重之地放进抽屉第一格。

从小到大皓宇都觉得守着奶奶是自己的责任,就好像奶奶守着这片经济停滞的小土地一样。皓宇上初中时隔壁邻居在谈上海,说台湾现在经济不行了,大家现在都在谈去上海,他傻傻地问"台北经济也不好了喔",邻居笑,"都不好,现在都不好啦,不过不要看大陆现在好,以后也不一定啦"。

在这段话过去几年后,大陆发展的势头似乎越来越旺,媒体上有焦虑、有嘲讽、有猜测,这些是他看电视上各种"专家"胡乱分析后得出的结论。学校老师除了上历史课或地理课以外不会讲起"中国",倒是听说有同学的亲戚去了上海。皓宇想过,自己哪一天如果真的去对岸一定也会在上海,那时台湾人的"去大陆"认知里就是上海。

后来皓宇去了台北读大学,那时他父母已经不在科学园区了,回归乡里照顾奶奶,在奶奶开的小面店帮忙。他去台北的那一天,一样是奶奶开着小破车载他到火车站,奶奶跟他说,到台北好好认真学习啊,奶奶等你。

李皓宇到台北后交了一位漂亮的台北女朋友,他开始可笑地介意别人开玩笑地说"你很台耶","很台"不是好词,大家喜欢日系或韩系,小小的台湾有一条大家不承认的隐形鄙视链:东南亚是外劳,大陆人是土或是空有钱的土豪,日韩时尚,欧美白人简直可以横着走。

而台湾内部也有那么多对彼此的刻板印象:台北是自命清高或享尽资源的人民,中南部土气或大男子主义。皓宇女友的母亲曾劝过女儿:"台南喔? 会不会重男轻女?"皓宇的老爹则开玩笑地说过:"北部的女孩子不好伺候吧?"

交往一年后,台北女孩子后来跟一个帅气的韩国留学生跑了,皓宇第一时间想到的是"唉,台北人"。失恋后的那几天他看着满大街穿着时尚的台北女生,不断问自己,台北人、台南人,这真的是地域差距吗?还是自己"被分手"的自卑感作祟?

皓宇升上大四的那年,校园里的大陆学生多了一些,皓宇第一次接触到年轻的大陆人,以往他只碰过"大陆新娘"。皓宇对大陆的认知是跳跃的,前一秒还听长辈说那时大陆女人多想嫁台湾人,怎么哗地一下,周围的人都说去上海才有前途?

也就是在那一年他碰到他的北京妞,讲话干练、操着一口"儿化"音,对当时的台湾青年而言"儿化"音太有趣,跟看《康熙王朝》一样。北京妞皮包里的新台币不够,他借了一百元新台币给她,然后两人展开了一场两岸交流论坛。他讶异地从对方口里知道,台湾男人是集温柔与娘们儿为一身的代表。北京妞有些不满地告诉他:"我碰到好多台湾人,发现你们想象的大陆还很落后。"

他连连摇头,不是,现在很多人说你们那里很有钱,只是我们确实不太知道你们那里的情况。北京妞笑了:"什么你们?是我们。"

皓宇表面笑着,内心却有些反感,这样一瞬间的反感从何而来他也说不上。在他眼中台湾与大陆应该有一条很明显的分界,但是他不明白为什么这些大陆青年总轻易地跨过那条楚河汉界。北京女孩问:"去过大陆吗?"

"没有,我只去过日本和香港。"

"为什么不去那里呢?"

他不好意思告诉女孩,台湾年轻人从小的旅游目的地中很少有大陆这个选项,那是台湾老一代人去"寻根之旅"的,年轻人谁会有兴趣?所以他只耸耸肩。

"有机会去一下好吗？很好玩儿的。"北京女孩认真地看着他，他有礼貌地点了点头。

两人逐渐熟稔了之后他问了各种问题，简直可以凑一本"十万个为什么"，包括北京有没有珍珠奶茶连锁店，北京沙尘暴时人们是不是头上戴着塑料袋上街，北京妞对许多问题都笑弯了腰。相比台湾人的"失礼"，北京妞口中的台湾简直好的不能再好。北京妞的朋友第一次见面就告诉皓宇："我们挺喜欢台湾男生的，感觉很有礼貌。"

大陆人不会把台湾人分开来看，大陆人不太知道台北与台南有什么差距，他们口中的"台湾"是个整体——干净、有素质，台北捷运光鲜亮丽。皓宇没有告诉他们，其实台湾也有城乡差距，台北不能代表全台湾，甚至他以前还因为被说"很台"偷偷自卑过。

女友在台湾的大学里短暂交换后回北京了，他也毕业、当兵、就业，每几个月女友会飞到台北跟他会合，两人一起住在他在台北租的小房子里。当完兵后皓宇在一间普通的私人企业上班，没多久又换了一家，女友常叨念着"搞不懂你们台湾人想什么，成天换工作"，但他自己租着一间新台币七千五的小房间，也不用接济家里,算是勉强能过小日子。

女友来的日子,他们会去夜市买点热炒和台湾啤酒,然后跑到台北租的老公寓顶楼上一边吃一边谈天说地。"你们台北好像贫民窟喔。"女友看着不远处的铁皮房子,无心地说。

"是呀,有点像。"他觉得不舒服,又莫名有点想笑,以前还觉得台北是多繁华的地方呢。毕业后他一个月也就两万六新台币,换了工作刚升到两万八,他还没告诉北京女友自己的新工作是在某文青咖啡店做正职服务生。这时的皓宇对大陆人的观念已经稍有了解,他知道女友听到这职业第一时间会皱眉——就算知道台湾大学毕业生去咖啡店工作是个正常选择,出生于北京,现任职于某互联网公司的女友仍难以接受。

但是皓宇喜欢服务业,他笑起来很阳光,一口大白牙,偶尔还会有女客人跟他告白。皓宇约莫纠结了三个月,才老实地告诉女友自己是服务员,微信那端的女友没说什么。只是在那之后,女友表达了很多次"希望你到北京来",尽管以前女友就希望他能去北京,但后来催促得更频繁了。

也恰巧是这个时候,皓宇的叔叔在北京开了店。叔叔知道皓宇有北京女友,让皓宇去北京一同为台湾餐饮业奋斗。在对岸闯荡十余年的叔叔告诉皓宇："台湾现在什么有优势？除了老掉牙的硬件和芯片之外，哪有什么优势？也就服务业吧，现在比大陆的还精致一些，你不抓紧过来，以后更多人往大陆跑，竞争还会更大呢。在台湾也是服务员，在大陆也是服务员，不如到北京干，以后机会更多。"

皓宇答应了。

出发去北京前，他回家乡与奶奶告别，他突然发现门口那棵大树还是郁郁葱葱，小巷内还是熟悉的花香，奶奶经营的面店还是干面一碗二十五新台币。从小时候到现在，这里变了多少？

奶奶没有阻止他到北京，他的父母更是举双手赞成。邻居知道他要去北京了大约有两种反应，一种是叮咛他"别被那里统战了，还是要爱台湾"。另外一种是称赞，有出息啊，能去对岸闯荡，祝你成功。

"然后，我就到这里啦。"皓宇讲完了这一长串故事。

我接话："然后，你受到的第一个震撼教育就是，台湾的《商业杂志》都是骗人的。在北京的台湾人不是只有小有成就的小白领，还有我这种不知道自己能做什么,跑去卖内衣的底层打工族。"

"你讲话很丧气耶,你不会从这里跳下去吧?"

"死在这种老公寓下也太惨了,要跳楼我会去喜来登酒店的顶层。"我顿了顿,"我没有丧气,这是我自己选择的路。"

皓宇用那双大眼睛看着我,好半晌他才说:"为什么你会觉得,在北京做服务业就是丢脸或不成功?又是谁告诉你,台湾人在北京一定要'成功'的?"

对,如果台湾人去美国、澳洲、加拿大或是澳门地区做服务业,那是再正常不过,可能还会换来同侪艳羡的眼神。但如果是在大陆……

我到北京这么久了,我有这么多大陆朋友,我的"台湾人优越感",还没放下吗?

|第三章|

你是台湾人，
怎么混成这样？

好多年后我努力去回想为什么当时的我认为"不管如何都不能回台湾",除了"回去之后就代表我是在北京没混下去逃回台湾的 loser"这个原因之外,还有一个重要原因就是——到北京,确实是我人生一个转折点,让我的个性产生一百八十度大转变。

　　我是传统定义上的"乖孩子",从不敢跟大人顶嘴,极度没有自信。而我的父母是中国传统好父母,一辈子辛辛苦苦为儿女打拼出不错的物质条件,从小到大又打又骂地把我们"打"上了大学,他们帮我规划出如同他们的人生一样的平坦道路,大学毕业、不错的工作、买房、结婚、生孩子,跟他们那一代一样。

　　我的姐姐就是这规划下的完美小孩。好的大学、毕业后有一个稳定的职位,而我,从小功课差一截,父母各种比较下成了一个名副其实的懦夫。跟台大化学系、身高超过一米八、长相和家境都优秀的承恩交往后，我告诉初中时就认识的好朋友。她听见"台大化学"四个字时有点睁大眼睛，再看到我们俩的合照时几秒没说话，似乎有点不敢置信。

然后她开口了，"你真的很厉害耶，找到这种男朋友"。

认识这些年，这是她第一次用"厉害"称赞我，这称赞还是源于承恩的优秀，而不是我的。

没有野心、没有存在感、没有威胁性，这是承恩喜欢我的原因——他说，他喜欢文文静静的女生，不像电视上那些画着大红色口红的女强人一样张牙舞爪。

这也是为何当我决定去北京后，从师长到同学、再到承恩，都吓得要死的原因。在台湾人眼中，去大陆不管是读书还是就业，都跟去丛林玩生存游戏一样，有野心的大陆人会把台湾人当小绵羊一样生吞活剥。

套句承恩说的，我又不是那种张牙舞爪的女强人，怎么会去"那种地方"？为此我还写了一封三千字的信，细数我过去所遭受的忽视与挫折，告诉他：我不甘心就这样过一生。

我不想活在"郭珉珉这辈子也就这样了吧"的诅咒中。

到北京，是出于一部分的反抗意识——想给父母、师长和那些认为我毫无存在感的人，一记"我也能让你们另眼相看"的反抗。在我自己看来，我的文笔还是可以的，那封信文情并茂，可惜承恩不接受。

2012年时台湾人到北京大学读书的人数没有像现在一样暴增，我如同大陆同学一样拿了免学费的奖学金，廉价的生活费让我爸妈很满意我的选择，连带爸妈周围的同事也开始考虑把小孩送去大陆读书——学校好、生活费便宜，而且大陆的市场大啊。

我也很满意自己的选择，从小到大父母老是说"看看我们花了多少钱在你身上，你能不争气吗"，这个硕士因为"便宜"，感觉我没有"欠"他们那么多。更有趣的是，在台湾一点特色都没有的我，在北京意外受到了欢迎，原因很简单——班上只有两个台湾人，其中一个是男的，而且从小长在北京。比起这位"假台湾人"，我的口音、行为举止，完全符合那票大陆宅男认为的"理想型台妹"。

开学不到一个月，我就发现我的大陆同学对台湾，有一种强烈的好奇心。他们当中的不少人对美国的了解，远多于对台湾的了解。台湾人也讲普通话吗？台湾女人是不是比较柔顺、家庭地位比较低？台湾人喜不喜欢大陆人？为什么台湾人不认同自己是中国人？

就连老师都会时不时点名我:台湾同学,来说说看法吧?

不管我说什么,都会有人下课后跑来找我讨论,让我越来越敢发表自己的想法。我意外发现自己是有表达欲的,我喜欢发表看法,我喜欢同学注意到我,我原来不像承恩说的,是一个"文静乖巧"的人。我不甘于当一个乖巧没有声音的女生。

2012年、2013年,两岸关系正浓情蜜意,也让我这个怯懦的台湾姑娘开始成为北方大妞——不管意见对不对,先滔滔不绝一番,时不时还能辩论几句。

讲不过瘾,我还会把这些两岸青年唇枪舌战的交流成果写下来投给媒体赚稿费,感谢那个大陆青年对台湾还算好奇的年代,让我每个月都可以有额外的零用钱。我拿着这些稿费去买自己喜欢的衣服——以前父母不准我穿的那些紧身连衣裙和小短裙,化上妆,去夜店和一票国际学生跳舞。

有天深夜,我室友突然从书堆里抬头,看着刚回来的我,感叹了一下:"台湾果真像西方,女孩子能玩,不像大陆的学生,想玩又绑手绑脚。"她说这话时我对着宿舍的镜子,审视着自己的妆容,眼线、口红、粉底、遮瑕、睫毛膏,而我的账户上有媒体刚打来的稿费。那一瞬间，我不敢想象这是那个曾经不敢表达意见、躲在男朋友身后、被认为"高攀"的自卑小女孩。

我感觉身上终于有了那么些光芒。跟清华大学的博士生联谊、去大公司实习，有天我站在实习公司的玻璃帷幕前看着北京的天空，橘红的落日，一片片鱼鳞似的云朵，霞光折射在一座座高耸的写字楼间。我真的感觉自己在这个城市会跟在台湾时不同，会越来越好，从一个月几千、到一两万、到三四万，会比在台湾时更"成功"。

我甚至好多次幻想，如果在街上碰到承恩，他会多吃惊？他若知道我在媒体上写稿子，知道现在的我不只能告诉他什么叫"阶层固化"，我还可以跟他谈论更多所见所闻，他会不会另眼相看？

承恩，现在的我与你比，你的朋友不会说我"高攀"了吧——这想法矫情且让人讨厌，但我止不住地如此想。

我在毕业前半年投了四份履历，最后成功通过一家美国企业的面试，我感觉自己到大陆后确实顺心如意许多。个性上的转变、外貌上的改变，有一份名校学历、去上海的外商上班。这些标签，非常符合"台湾人到大陆后该有的样子"。

我没有想过毕业半年后，在上海漂亮写字楼里的我会极度不快乐，某次一个同事开玩笑地说"哇，看不出来你是北大毕业的"，结果我莫名其妙地跑到厕所哭。

　　那一瞬间，我又看到了那个自己——那个从小到大就没有存在感的自卑小女孩。我不是优等生，从小就不是，2012年时台湾人申请大陆学校的人数并不多，我因为这样幸运通过。更赤裸一点地说，我不过是想"洗掉"一个台湾私立学校的学历。

　　你以为去北大两年你就真能把自己当回事了？说真的，你还不是靠"台湾人"身份上去的？我感觉我的同事、我的主管，无时无刻不提醒我这一点。

　　我知道，某部分的我"坏掉"了，我必须做一些事情去改变它。意识到这个之后我跟爸妈说要辞职，在公务机关待了快三十年的父母完全无法谅解，每周一次的家庭温馨通话时间成了一次次梦魇般的吵闹，我爸妈最常问的话就是我的痛处——别人都可以，为什么你不行？

　　别人都可以，为什么你不行？

　　这话在我的人生中出现过太多次，考试成绩不好时、英文讲得比"别人"差时，还有，姊姊高中大学都考上台湾的名校，而我不是的时候。

考上北大后，我感觉爸妈终于有种扬眉吐气的感觉，他们的二女儿不再是个透明人，就连我那位一年没说上三句话的姑姑都特意加了我的微信，时不时问我北京的情况。我爸妈没想到，这个女儿也就让他们骄傲个两年，好不容易有了份好工作，结果又不想干了。

为了劝我不要离职，我爸妈不断用"我们都有三十年的工作经验，所以我们知道职场残酷"为开头，斩钉截铁地跟我说，工作没有开心的，每个人都在调适自己，你的问题就是太玻璃心、学不会长大。中国传统社会的父母常常有这个毛病，你越是痛，他们越喜欢用力、狠狠地踩你的痛点，他们一次次质问我：看看姐姐，为什么她可以坚持工作到现在，你工作个半年就想跑？

为什么你不能像别人一样？为什么别人可以，你不行？

我也不断用这些话指责自己，为什么我不能像我同学一样，做一份普通但不错的工作，安安稳稳地还房贷、结婚，照着上一代人期望的路线走？为什么我只想着"不快乐就换工作"？

我在跟父母一次次争吵中换了工作，从上海搬回北京,我没有跟他们说我现在不过是个月薪四千人民币的内衣销售,我没有卖出一件内衣,我当初会选择这份工作的原因不过是我不知道自己要做什么。搞砸上海的工作让我不断自我怀疑,为什么我的同事们能做好的事情我做不好?工作上的挫败让我对自己的能力失去信心,甚至有些怨怼父母。

我无数次想着"如果他们是美国电影里的那种父母就好了",如果他们能跟我说"加油,你可以的,你是爸妈的孩子呀"该有多好……这样我可以跟他们说实话、跟他们诉苦……

但他们不是,所以我只能欺骗他们。我告诉他们"我是做活动企划""月薪六千五",他们不置可否地"嗯"了一声,然后继续念着那些已经讲了三百遍的话——"以后对工作不要挑三拣四的,你以为这是个好找工作的时代啊?我们以前能守住饭碗就不错了,哪像你这样成天挑挑拣拣?你这样以后老了怎么办?"

平时我可以忍受,我可以不断告诉自己:"他们是爱我的""有多少人的父母欠债要子女还的,你已经够幸运了""爸妈在经济上从小让你衣食无忧,你该感恩戴德",然后一边听着那些话语像念经似地流出耳朵。

但是在这天——工作数天后仍只卖出了几件内裤、被章姊开会批评的一个平日晚上,我妈在电话那头絮絮叨叨,而我的忍耐超过临界点,我用平和的语气对她讲出这辈子说过最直白也最伤人的话。"我毕业后换工作、租房,全是我自己搞定,你们除了在旁边念念念以外你们帮我打气过吗?你们跟我说过一声加油吗?你们除了把我讲得一无是处之外还能说什么?"

　　"我告诉你,就是因为你这样我才不想回台湾,就是因为你这样我从小到大的愿望就是离开家里。"

　　我伤到我妈了,我知道,但当时的我一点抱歉的感觉都没有,我只觉得痛快。一直以来,为什么都是我需要听那些难听的话?为什么被骂的总是我?

　　我妈张着嘴,似乎想说什么,我啪地挂断了微信视频通话,对着一片漆黑的手机屏幕发呆了一会儿,然后起身,把床单扯下来,丢进洗衣机,听着水流声哗啦啦啦地,我不知道我为什么要在累得要死的这时洗床单。

　　我爸妈和我就是住在不同星球的人种,他们不理解我为什么这么爱折腾,他们不理解为什么我不咬牙忍着;而我自以为能理解他们的不理解,却还是不可避免地想着"他们懂什么"。对,他们这批成长于台湾经济腾飞时期的老一代,到底懂什么?

他们吃过经济腾飞时期的热饭，到我们的时候连残羹剩饭都算不上。

但是当时的我没想过他们同样不容易，他们经历过台湾的高光时刻，在他们成长之时，任何事情皆有可能，而且勤勤恳恳工作三十年就一定能拿到退休金。后来，台湾经济停滞，他们成为下一代眼中的"既得利益者"，他们战战兢兢怕拖累孩子的生活。

我们这一代痛恨"老一代"霸占住位置，认为他们（及他们所选出的政治人物）搞坏了台湾，但他们又做错什么呢？

一个人在北京快三年，我以为自己成熟了一些，但其实并没有，碰上一点挫折我便怪天怪地。

瞪着洗衣机哗啦啦将床单搅成一团，拿着已经快没电的手机，我不知道自己接下来该做什么，只知道这是我二十多年来第一次这样跟父母说话。我的脑海闪过很多画面，比如此刻我妈坐在客厅粉色沙发上拿着已经黑屏的手机默默落泪，而我爸可能会在旁边安慰我妈："有什么好难过的啦？你女儿就是那样，改天再说她，干嘛为了个不孝女难过？"

为什么只要是不按照父母设定的轨迹走就是不肖？他们难不成要拿着遥控器，掌握我一辈子的人生吗？想着想着我又恼火了。我的废柴室友此时却莫名其妙地走到我身边，给了我一杯啤酒，啤酒底下沉着草莓果肉。

这是我近期研发的独门配方，去买打折、已经快烂掉的草莓，然后把草莓丢到杯子里，用筷子压碎草莓肉，倒入啤酒。其实没有特别好喝，纯粹是感觉能为无聊的啤酒增添点乐趣。不知道为什么，在这种没有什么闲钱的日子里这样喝就能有一种"好啦，这样也还行"的自我安慰感。

我曾在某个废柴室友闷在被窝里哭泣的夜晚，走到她身边，给她一杯我的特制啤酒。没想到，她记住了。

"我叫思凯，之前在上海，刚到北京不久。"她没头没尾地说。

我没耐心地摆摆手："你跟我讲过你的名字，你是不是睡傻了？年纪轻轻不要整天睡觉。"

"你在北京很久了吗？"她坐到我旁边的小板凳上，一副要跟我促膝长谈的样子，这是我们同住的两个礼拜以来她第一次主动问及我的个人信息。

"快三年吧。"

"哇，这么久？"

"北京多的是待超过十年的老台湾人,整个大陆有多少台湾人将人生中的精华时光奉献在对岸?"

"是没错……"她的表情有点扭捏,一副要说什么又不好意思说的表情,典型的"台湾人客套法",脾气已经有些北方人直性子的我有点不耐烦:"思凯,你想说什么就说,可以吗?我们在北京,也没有任何利害关系,不用这么放不开。"

"没什么……其实我就是想问你,你在北京,应该认识不少朋友吧?你有没有朋友住在不错的房子里?就是那种装修不错的楼房?"

"我研究生时期的朋友和老公一起买了套婚房,六号线地铁站出来走十分钟,是还不错的小区。你是想买房子吗?"

"不是,我想要跟他借那套房子,我想演一出戏。"她的语速很快很局促,看见我一脸"你疯了吗"的表情连忙安抚:"我知道这样听起来很奇怪,但是可以拜托你先听我讲完吗?"

"你讲啊,我正在听着呢。"我突然觉得很想笑,这可是我人生中碰过最奇怪的请求了。

什么时候,我的人生真的成为庸俗文章中的形容词——犹如一场大冒险?自从离开上海的工作后,我总感觉自己是跌入一个迷宫游戏，要不断破关再破关，走着走着，砰，迎来一个怪兽；再走着走着，砰，撞上一个全新的关卡。

如果不是拜我那对掌控欲旺盛的父母之赐，我可能已经跑回台湾了。

而思凯的人生，也有类似"逃离父母掌控"的轨迹。

"对不起，但是我跟他在一起很快乐，这次我要自私一点，你要学会放我自由。"这是思凯在 25 岁那年去上海前告诉母亲的话。而她那位独自抚养她长大、从小只会追着她打的母亲，在那个晚上哭号得跟失去初恋的女高中生一样。

思凯从小就读私立小学、私立初中，然后是中山女高（台湾排名前列的知名女子高中），活到十八岁，每个老师的评价都是品学兼优，此外根据同学的说法，她像个千金小姐。她曾羡慕一位用一只筷子戳起红烧肉，然后将红烧肉塞进嘴里的女同学，真好啊，吃相这样子没规矩，也不会被家里打。

考上台湾政治大学的那一天，母亲带她吃了王品牛排，一脸洋洋得意。"如果不是我从小这样教，你能够考上政治大学吗？"对，棍棒底下出孝子，母亲就是这样坚信的。至于她在高三那一年曾因为压力过大，一度想冲到公交车前面，幸好被补习班同学拉住，这件事，母亲当然不知道，跟成绩无关的母亲一律不知道。

她一路读到了政治大学的研究生，然后被一个年纪轻轻的外商小主管吸引了，那是个长得白净好看的男生，交往一年半后当他跟思凯说"跟我结婚，我们一起去上海吧，公司会给我租房，我可以负担你的生活"，思凯觉得自己跟做梦一样。突然，研究生毕业前的焦虑没有了，每天被母亲念叨"要找个好工作"的压力没有了，觉得自己似乎一无是处的困窘也小了一点。

台干太太，在上海的台干太太。这个头衔让她有些恍惚，那是一种不真实的幸福感。

她在脑海里浮现一个个从杂志和电视剧里看到的画面：一边翘着二郎腿做美甲，一边故作姿态地说"我是跟老公来大陆的，很辛苦啊，吃都吃不惯，如果不是老公，我才不来呢"。

台湾人基本晚婚，超过三十五岁结婚属正常，过四十岁再结也不稀奇，早结婚有时不但不能收到艳羡的目光，还会有"啊，你确定这么早结婚吗？不多比较一下吗？"的同情眼神，尤其在主张女人自强的台北。不过,思凯收到了许多羡慕,同学纷纷送上祝福:"老公是外派上海的台干耶,薪资很高吧?"当然,也有少数几个嘴巴坏的,不忘叮咛她:"要小心老公被抢喔,台湾人去大陆很多在外头红旗飘飘。"

真正麻烦的仍是母亲,当她跟母亲说明结婚意愿时,曾经欣赏女儿未婚夫的母亲跳脚,指责男方是骗走女儿的混蛋,当她跟母亲说"大概两个月后就要去上海",母亲使出了拖字诀,装作这件事情没发生,暗自期待这期间女儿跟男人吵架闹分手,这样就不会去上海了。

在她跟老公结婚登记前,她去敲了母亲的门,很认真地坦承了一次自己的心声。"我已经长大了,我不能一辈子活在你的庇荫下。你要学会放我自由。"

在她的想象中,母亲可能会像电视剧一样抱住她,哭喊:"对不起,妈妈知道过去给你的压力很大,但是妈舍不得你。"结果,母亲装作没听见,什么都没说。

当她跟母亲说,台胞证办好了,母亲这才如梦初醒,大吼:"你为什么这么急?你为什么不等我?我跟你去!"

"我跟老公去,很安全,你工作忙,等忙完这一阵可以到上海找我们。"

"你就不怕被欺负？你又没有工作，到上海之后被欺负怎么办？"

"上海离台北这么近，我到时回来不就好了？妈，现在有多少台湾人在上海你知道吗？可能有一百万吧？"

然后，母亲崩溃大哭。几年后思凯才知道，那是因为从小以她为中心的母亲焦虑。母亲为担心女儿而哭，更为担心在女儿心中自己可能不再重要而哭。

台湾的父母普遍很晚才体会到"子女长大了"的残忍真相，毕竟台北到台南，也就这么一点点距离。许

多台北孩子的父母辈死命在台北打拼立足，就是为了以后子女能在最繁华的台北工作，不必离家。没料到，彼时台北已不是那么繁华，台北孩子心中的目的地是上海和新加坡。

刚到上海的时候思凯基本不想念母亲，第一次脱离母亲掌控，她跟老公逛遍家附近每家酒吧，透过老公的同事介绍快速地融入了一个小小的台商太太群。她是里头年纪最小的一位，才二十六岁，群里第二小的台湾太太叫洁宝，二十八岁，却已经在大陆好些年，在北京念书，认识了外派到北京的台湾先生，然后一起搬到上海。当某位太太说思凯和洁宝都是"小朋友"时，洁宝大笑："也就台湾人老得慢，在大陆二十八岁都会被叫阿姨了。"

"哈?"思凯发出台湾人特有的语助词："二十八岁被叫阿姨? 台湾人超过四十岁才会不甘愿地承认自己是阿姨吧? 大陆人怎么搞的?"

"在台湾，大家都差不多啊。你毕业拿三万新台币、我是两万八;你三十岁还买不起房，我也买不起房，那还不如花钱玩。你知道大陆人老得多快吗? 他们一毕业就想买车买房，我同学毕业后半年的样子我根本不认识，也不过二十七八，心态跟台湾的四十岁一样。"

"所以还是台湾人幸福一点。"快五十岁的太太曹姐卷起意大利面，优雅地放在盘子上。"我老公工厂那些外地打工的大陆小女生，很可怜欸，中国崛起，富的也就是一小撮人。"

洁宝挑眉，"曹姐，大陆十年前、十年后对比，那个转变真的很厉害，我研究生毕业时大陆同学薪水大概七八千人民币，现在基本都一万以上了，比我的台湾朋友都高。台湾再不争气，只会越来越多年轻人走掉。"

"唉喔，各有各的不同啦。"另一位大姊或许是怕气氛僵掉，赶紧出来劝酒。

等思凯再待久一点，她敏锐地发现洁宝和曹姐有不小的差距，曹姐口中的对岸和洁宝不同，曹姐在大陆待了二十年，他们那代人虽然对台湾现状抱持着批判与无奈，但他们热爱回顾以前的"打拼史"，时不时就会提一下以前刚到上海时，大陆是多么光怪陆离，而台湾人是多么风光。曹姐兴冲冲地讲着以前和一帮台湾人聚在上海为数不多的咖啡店里，一群人里有多少"总"、多么爱吐槽大陆员工等等。

最后还会告诉思凯："你和洁宝这代人到大陆，是好多了，至少不像我们那时，好的咖啡馆和酒吧都很少。"

说话直白的洁宝接话:"曹姐,我还比较羡慕你们这一代台湾人呢,你们看过经济繁荣的烟花长什么样子,还可以怀念一下它的余光多么美丽。我和思凯喔,只能用想象的,然后感叹自己时运不济,没赶上好时候。"

台湾人在大陆,原来彼此之间也有"世代差距"。

思凯总有一种奇怪的感觉,曹姐和一些四五十岁的台商太太,虽然在这里一二十年,应该更接地气才对,但他们似乎更区隔出了"台湾人"与"大陆人"。摊开曹姐的微信群,常聊天的,也是这些台湾姊妹。

而洁宝呢?有大陆闺蜜、看《天天向上》。当洁宝和另一个三十多岁的台湾人兴高采烈地笑谈着大陆有南北"甜咸之战"时,曹姐问了,那是什么?

"就是甜粽党和咸粽党之争啊,还有甜豆腐脑和咸豆腐脑。你不知道吗?"洁宝惊诧地说完,跟思凯解释,这里南北差距可大了,南方和北方、北京和上海,差距大得可以说是"两个世界"。洁宝还叮咛思凯,你所看到的不过是上海,所以,上海怎样怎样,不代表大陆怎样怎样。

洁宝在大陆读过书,对于大陆时下的热点掌握得比曹姐这些"老人"好,曹姐他们说的一些话思凯都在台湾的《商业周刊》上看到过类似的观点，比如台湾人在服务业方面还是有优势，台湾员工比较忠心于公司等等。

但洁宝告诉思凯的话，常会让思凯意想不到。比如洁宝告诉思凯，千万别以为台湾某大牌主持人在大陆现在还是一线明星，早就不是了啦。"你别看曝光度还可以，我影视圈的台湾朋友跟我说，她的出场费根本是谢娜的几分之几而已。你知道谢娜吗？微博粉丝好几千万呢。"

思凯从曹姐那代台商太太眼中看见了幸福、寂寥与感慨，他们曾经在台湾都是有事业的女人，曹姐说："我二十多岁时台湾工作机会真多啊，一离职四五份工作任你选，后来男人要到上海，我本来也不想去啊，结果我妈硬要我来，说如果'正宫'不跟来的话老公绝对被拐走，那时都说台湾男人逃不过大陆女人的手掌心啊。我就来啦，想说反正不适应再回台湾，工作也好找，没想到……"

"没想到"的后面，曹姐没说，大家也都露出心知肚明的表情，下半句八成是"没想到后来我一待大陆就待了半辈子"。思凯发现，这些在大陆的台商太太，多半批评大陆猛烈，讲到台湾时，却只剩一句：唉。

没有更多了。

思凯到上海不出两个月就知道，台湾人传统的刻板印象要改一改了，现在大陆城市小姑娘，有几个还看得上台湾男人？她听着老公跟她形容自己公司的女同事"难伺候"，"这里的女人管老公的钱，这些男人结婚之后工资卡就上交了，回家洗衣洗碗也是正常的"。

"因为在上海吧？上海女人听说很厉害。"

"我公司也有外地的啊，浙江的，江苏的……唉，还是台湾女人好。"

思凯眯起眼："因为好欺负？"

"才不是，是因为更知书达礼啊。"男人嘴甜得很。

台商太太群里的姐姐们有时还会开一下过时的老笑话，小心你老公喔，外面诱惑很大。思凯笑笑，难道老公在台湾就不会外遇了吗？

她在上海过了一小段悠哉的时间，在群里跟她最要好的洁宝一直催她去拓展人脉或是去找工作："曹姐他们那个时代可以不工作，但现在不同啦，你在上海耶，遍地是机会的上海。你想要在这大好的时代、最美好的年华时做个无所事事的闲人吗？"

思凯应和着，她确实也想去找工作，但她刚来上海几个月呢，不急。从小到大她没有过过什么悠哉的日子,现在好不容易母亲不在身边,没有人会管她了,何妨享受一下?

母亲……想到母亲那张带着泪花的脸,思凯又想叹气了,她到上海几个月后跟母亲通话了几次,母亲每次讲话都淡淡地,似乎也没有想到这里的意愿。可能是在气头上吧,以后就好了。

思凯没想过,这样悠哉的时光、这个看似风光的"台干太太"身份,只维持了不到两年。那个女人打来,告诉她怀孕的真相时,她愣着,第一个想法竟然是很荒唐的——为什么,对方是台湾口音呢?

为什么不是原先许多人警告过她的,有野心的大陆姑娘呢?台湾人怎么可以欺负台湾人!

小三怀孕了,是她告诉老公这消息:"那女人求我放过你,她说你们是职场上的好战友,你需要的是战友,而不是养在笼子里的金丝雀。"思凯讲着讲着,自己笑出来,这些台词那女人从哪里找来的?偶像剧吗?

老公低垂着头。

离吧,她疲惫地搓搓太阳穴。

离婚的消息,思凯是通过 Email 告诉母亲的。她写了封长长的信。

然后,只身来到北京,这时她刚过二十八岁生日。

她二十八岁，成为一个无业、无房、无对象的三无人员。

我得承认一件事情：我的人生经验很浅薄，我没有什么大风大浪的故事可以讲述，我的朋友都是恪守家训的乖乖女，我从来没碰过那种连续剧中的女主角——老公找小三，小三怀孕，然后咬牙离婚，拖着一只行李箱，挥挥手不带走一片云彩的离异妇女。没料到，这个爱睡觉的室友，竟然有这么狗血的经历。

她告诉我她的故事的那个晚上，我侧身躺在床上，看着另一床的她。人悲伤时该有什么表现？我的话，可能是装没事，然后走到酒吧，喝醉、大哭，哭到放任眼泪鼻涕混合着滴在枕头上，然后迷糊地就着脏枕套睡着。

思凯呢？我努力回想除了睡觉以外的她，突然想到一件事。

忘记那是几天前了，我像往常一样结束了一件内衣都没卖出去、连卷尺都拿不好、胸围还量错的糟糕工作日，我也按照惯例买了两瓶五百毫升的啤酒准备就着挂面解决晚餐。然后，我进家门时，她在洗衣服。

我吃完挂面，她拿出洗好的衣服，又洗了一堆东西。等我快喝完第二瓶啤酒，她还是蹲在洗衣机旁，刷

着一双白色布鞋,偶尔停下来,瞪着洗衣机的滚轮,转,转,转。

"你不能等明天洗吗? 你洗了一晚上衣服,不累?"我问。

"很多事情不能摆,摆着不舒服。"她闷声回答,继续刷着那双白布鞋。

神经! 我喝完第二瓶啤酒,伸着懒腰要去睡时,我发现她不是真的在洗布鞋,她在哭,眼泪落在脸盆里。

我转身走开。

这破烂公寓里住着两个混得很差的台湾人,在"台湾人应该是白领"的大陆混成这样,无颜面对江东父老就算了,面对自己都觉得丢脸。偷哭是正常的,不闻不问才是最好的问候。

唉,烦死了。我抓抓头发,翻了个身,想着她提出的荒谬请求:

"我前夫要来……就法律层面而言,他现在还是我老公,我们俩还没真正办手续,他想挽留。他说,他想看看我在北京过得怎么样,他想看看我住的地方安不安全。"

"你管他啊!把他约在麦当劳,把冰可乐倒在他头上,直接说:关你屁事!"

"不行,对我而言最好的报复方式,就是让他看到我没有他,也可以住在好的地方,也可以把自己照顾得很好。我不是……"思凯眨着泛红的眼睛,"我不是金丝雀。"

"所以,你想要找个熟人'借场地',假装自己挺好,遮掩住自己过得乱七八糟、成天都在睡觉的现实?你这样还不是金丝雀啊?"

"算了,不愿意就算了。"我们的谈话到这里戛然而止。

不愿意,当然不愿意,这种要求简直是神经病。

虽然,我知道能跟谁"借场地",而且她一定会答应。我摸出手机,点开好友的微信,她的微信朋友圈似乎没有工作不顺的烦扰,当然更没有像我这样金钱上的捉襟见肘。她一毕业父母就给她买了房子,顺理成章地进入好单位,然后嫁人。曾经,我很鄙视这种安定感,我觉得这些大陆同龄人的人生真是可怜,年纪轻轻就过上了守着柴米油盐酱醋茶的生活。

现在呢……唉,罢了,同是天涯落魄人,相助何必曾相识呢? 我发了一段长长的微信给好友。"同学,好久不见,我有个奇怪的要求想拜托你……"

有些事情,真的会一语成谶。遥想在北京大学读研究生时,我跟这位与我最亲密的朋友讨论过两年后我俩会是什么样子,那时她指着我:"你一定是还做着公关的工作,还是喳喳呼呼的,乱换男朋友。"

我说,不,说不定我会换很多不同工作,体验各种不同的生活。你这种一毕业就要跟男友结婚,然后开始还房贷的安稳族,懂不懂什么叫冒险?

这下可好了吧? 想冒险,还真是冒大了。

我一直以为我自己是那种不爱攀比的人,我以前老跟台湾朋友说"大陆人就是太会攀比,有了房子要换学区房,觉得坐办公室的就是比端咖啡的高级"。但是许多事情,真是要亲身经历过才知道那种感受。

当我看见从前手挽着手、一起上课翘课的好友，如今已经住进楼下有花园的电梯大楼，还在十七楼，从窗明几净的客厅望出去可以看到栉比林立的高楼和川流不息的车潮，那一刻我想到我狭窄的房间，如仓库一般的客厅。吃着草莓喝啤酒就能有点小确幸的自己，相比之下到底是多失败啊？

朋友和她老公都是明理的好人，她又是个见不得女性被欺侮的女侠，所以当初很爽快就同意了，还拉着思凯各种支招："看到你前夫，记得淡淡地问他要不要喝水，然后用这个玻璃杯倒水给他，从眼睛到眉角都要告诉他：没有你，我可以过得很好。知道吗？"

为了戏演得逼真，好友拉着她老公去附近逛商场，我们约定"场地"仅借一小时，我则留在思凯身边，充当一下思凯的现任室友。毕竟谁会相信以一个小白领的薪水，能自己租下北京市区两室一厅的房子？演戏得讲求真实嘛。

男主角出现了，不是我想象中的那种有些发福的理工男，带着个方框眼镜，一身无印良品风格，挺日系，他先是带着打量意味审视一下这房子，在我脸上、身上扫了一圈（我敏感地认为他是在从衣着和样貌，猜测我的"等级"），然后很客气地对我点了点头："你好，我是……"

"我知道，思凯跟我说过了，你好。"我很大方地说。

"你也是台湾人啊？"

"对啊，我家在永和。"

"喔，那你做什么工作的？"

我还没开口，思凯就打断了，"你查户口吗？你看见我了，我过得很好，你不是说有东西要拿给我吗？东西我收了，你可以滚了。"

"思凯，你先听我讲一下好不好？"斯文眼镜男猛地拉住思凯的手，完全没顾及在一旁睁着眼睛看好戏的我。"思凯，我确实错了，但是——"

"那个女生怎么办？"

"我会劝她处理掉，你知道的，我妈很喜欢你，我妈一定接受不了那种小三的。"

这是什么烂剧情！我站到思凯前面，指着斯文眼镜男破口大骂："你是不是神经病？你以为自己是马英九还是奥巴马？你怎么不上天！碰上你这种人，那个女人简直倒了八辈子大霉！你知道吗？我最讨厌你们这种外派到大陆，觉得自己就牛、就了不起的台湾男人。台湾人在大陆名声不好，都是你们这种烂男人害的！以前瞧不起大陆人，现在大陆女人也不爱台湾男人了你们反过来欺骗台湾女人！你到底知不知道羞耻？你书读到哪里去了？"

"你真以为自己赚得很多吗？我告诉你，思凯以后可能发展得比你好，她也可能找一个比你好更多的男人！不要用自以为是、井底之蛙的角度来看世界！"

斯文眼镜男看着我，好半晌才吐出几个字："这是思凯跟我之间的事情，关你什么事？我告诉你北京不是那么好混的，思凯也没有什么工作经验。"

"我可以。"思凯瞪着他："我自己一个人可以过下去。后面的手续，麻烦你也尽快跟家人说，尽快配合。"

"思凯，你不要这样好不好！"斯文眼镜男突然变脸，冲上前抓住思凯的肩膀，思凯尖声叫嚷着"你放开"但毫无作用，我加入战局想帮她结果被推到一旁。该死的，眼前的一切就像电视剧一样不真实，我突然有种自己在看戏却莫名身在其中的晕眩感。看着闹成一团的情况，我只觉得头晕脑胀，拿起桌上的玻璃水杯，狠狠往地上一砸。

哐当！

很好，所有人都停下动作了。

"我刚刚打电话找管理员了，等下管理员就会上来，你是要让三个台湾人打架闹事的新闻上媒体是吗?"我看着一地碎片，格外冷静地坐到沙发上。

好不容易送走了发神经的男人，我坐在沙发上，看思凯收拾着地上的玻璃碎片，然后拿出手机打给朋友。十分钟后她回来了，听了这一系列的惊心动魄之后没有怪我砸水杯，我们一边吃着朋友买回来的蛋糕和咖啡，一边胡乱聊着天，思凯把自己嫁给混账前夫的故事再讲述了一遍，我和朋友也重温了一下我俩一起在北大吃喝玩乐的日子。

这一切本来都应该圆满结束，不料在我们从沙发上站起来，好友准备送客、宾主尽欢的那一刻，我的背包落到了地上，然后，掉出一叠乱七八糟的资料:从胸围到臀围的量身表、公司给的"塑身内衣营销术"，以及一把小卷尺和兔子原子笔。

朋友第一时间帮我把资料捡起来，整齐地还给我，一脸欲言又止的表情。我把资料塞回背包，故作轻松地说:"如果这是你想问的问题，没错，我在做内衣销售。"

"卖内衣?! 为什么啊!"她的反应比我预期中大。

"没有为什么，熟人找我，我想试试看，体验一下不同的工作。"

"可是你这样能做一辈子吗?"

"如果做得顺,为什么不能做一辈子?为什么'工作'的定义对你们来说就是白领、坐办公室、公务员?服务员不算上班族吗?销售不算工作吗?"

"可是,这样好吗?你是北大毕业的,而且你是台湾人耶!"

我知道她讶异的根源:你这个高学历的台湾人,怎么在北京混这么惨?我想发脾气,但是看着她的脸,却又不知道是气朋友的大反应,还是气自己。对,如果我是个天生的内衣销售,为什么不能做一辈子?

但是,这几天的销售工作,让我意识到自己的虚伪。大义凛然地说着"为什么不能做一辈子销售"的自己是心虚的,因为我从一开始,就没有办法理直气壮地告诉老同学:哈啰,我毕业之后,成了一名内衣销售。

这些日子,我不断谴责自己,却又不知未来该往何处去。我也不知道自己为什么要在北京待下去,但我知道自己不想、不敢、不甘心回台湾。

你有没有被人居高临下地鄙视过的经验?

从前在承恩的台大同学面前,我感觉被鄙视;在承恩帮我发传单时，我更感觉被人居高临下地俯视。到北京后，大陆同学对我的热情出乎我意料，我从一个畏首畏尾、不敢表达意见的人变成能在课堂上跟同学论台湾民主、道两岸关系，我以为那个丑小鸭的时代已经过去。

毕业后搞砸工作的彷徨和对未来的迷茫，让我感觉自己又被打回原形。身为一个内衣销售，怎么好意思跟同学"正大光明"地聊工作？

"你平时都在这里喝酒？"思凯带着不满的眼神看着这家酒吧。从那栋美轮美奂的住宅离开后，我逼迫思凯来三里屯跟我一起喝酒，都是她，害我以前的同学知道我在卖内衣。这家酒吧的店面又小又旧，只有三个位置，一杯莫吉托只要二十五元，客人少有中国面孔，一群外国人坐在门口的台阶上大声嬉笑，其中一人对我俩吹了口哨。

"便宜啊，二十五元三十元的酒，哪里找？"我灌了一大口酒："思凯，你知不知道，这些年我在北京看过多少种台湾人？"

"多少种？"

"第一种，全心融入型，也就是我这种，我们看见北京的好与不好，我们自认跟在这里生活的大陆人没什么区别。虽然这里有很多不好,但是因为在这里奋斗,我们情愿享受这里的好;第二种,哀怨融入型,他们的口头禅就是'我也想回台湾,奈何回不去',老是抱怨却又在这里死撑着。"

"第三种,同胞最大型,在一些台湾人比较多的企业常是这样,比如那些在台资工厂待着的台湾人,在公司里组成一个只有同胞的小圈圈,这类型的人通常在大陆待得也挺快乐,只是他们可能不知道谁是何炅,也很可能在这里生活十年了还打不进大陆人的圈子。"

语毕,我俩干杯,吹口哨的外国小哥看见我们不甩他,利落地转变为中文"美女、美女,你们好"。

思凯想了想:"勉强来说的话我是第三种,应该说曾经是。我前夫也是。有不少大陆同事,但不能算是朋友,跟我们相熟的就是他公司的其他台湾人。但是,我们分开了,现在我才发现自己当时真蠢啊。那些台湾人之所以加我微信,不过是因为我是陈太太。幸好我还有一些台湾好姊妹,比如洁宝,就是她鼓励我到北京重新开始的。"

"洁宝说,如果不狠狠逼自己一下,我一定是在台北的家中大哭,哭上个一年半载,反正都到大陆了,如果真逃回台湾可能就提不起勇气再过来一次,不如先离开上海这个伤心地，再试一次。"

"但是你一直在睡觉啊，你只是没有回台湾，跑到北京睡觉而已。"我脱口而出，说完自己就后悔了，唉，我讲话真不中听，都忘记眼前的不是爽直的北方妞，而是比较玻璃心的台北妹。

"今天再让我逃避一次，明天开始，我会开始努力找工作。毕竟，我荒废了大半个月的时间，再这样下去以前偷存的私房钱都要花完了。"思凯喝了一大口酒，斩钉截铁地说。

也是，个人自有个人的命数，我又要了一杯最便宜的朗姆可乐，今天的花费有些超出预算，不过没事。反正明天周日，一觉睡到中午，早餐钱省了，中餐吃楼下小摊贩的炒饼，十元一大份，多了还可以当晚餐，上面放一个半熟的蛋会是人间美味。

"对不起，我知道你可能被问得烦了，但是还是觉得好可惜。你一直是读传播科系的，为什么不再找找看类似的工作，跑去卖内衣呢？"思凯问完，似乎有些怕我生气，补充一句："虽然，我也并不觉得销售有什么不好……"

我没说话，也不知该说什么。很多事情，如果你是局外人，你可以冷静客观地分析，你甚至可以给出不错的建议,但是如果你身在其中,你恐怕根本不能那样轻松地给出答案。

比如思凯,我可以以朋友的身份跟她说"离婚有什么了不起的?那么多人都离过婚,不是还好端端的?你哭也哭够了,睡也睡够了,该振作起来找工作"。思凯当然也可以用好室友的身份给我建议:"你不过就是搞砸一次工作,有什么了不起的?再试一次看看啊,总比一下跳去做销售强。"

但是,这样一句轻飘飘的"再试一次不就行了",我知道我不会去做。我不喜欢我本科读的科系,我不喜欢我过去的工作,既然都狠下心换跑道了,那就该再尝试、再尝试,直到找到自己喜欢的那个工作。

我想,也有太多人劝过思凯"你要赶快振作""离婚不是什么大事,你还年轻呢,总会找到下一个好对象的",这些话她一定听到不想再听。但是谈何容易呢?她可能原本有一个美好的愿景,比如有一个可爱的小孩,在家相夫教子,和那群台商台干太太一样过着悠哉又忙碌的家长里短日子。

这些日子我常想着,我读到传播硕士,却连相关科系的工作都做不好,我是不是很糟糕?思凯可能也想着,连个老公都没守住,自己是不是个不合格的妻子?

我们俩坐在这家小酒吧的门前，看着一波波人潮来往于三里屯脏街，我在一些人的脸上看见跟自己类似的不快乐，明明就年纪轻轻的，却一脸辛苦的样子，还有一些三四十岁的白人，喝着便宜的酒，视线贼溜溜地胡乱瞟，期望与一位觊觎移民的女孩共度一晚。那一瞬间我害怕了，我真的好怕自己到了三十多岁还找不到自己想做的事情，浑浑噩噩地度日，只能寻求最廉价的刺激，喝着最廉价的朗姆可乐，甚至期望自己会被哪个廉价的男人"捡走"，至少度过一个晚上忘忧的廉价时光。

　　我是不是不该留在北京？

　　我真的好怕，未来的自己会一无是处。

　　忘记我们俩呆坐了多久，只听到思凯提醒"该回去了，等下就没地铁了"，然后她把我从地上拉起来，我们正准备去买一瓶水解酒，一通陌生的电话打过来。"是郭女士吗？我这里是公安局，你朋友李皓宇在这儿出了点事，麻烦你把他带回去。"

　　我下意识地挂断电话，花了五秒想起李皓宇是何许人也，再花了十秒钟发傻，转头问思凯，这里是不是跟台湾一样，流行冒充公安或法警诈骗？

　　那一天发生的事情很多，那是我北漂人生的一个转折点,也是"我们仨"正式成团的纪念日。尽管我们仨在很快的未来就各奔东西,但是一起在老旧宿舍度过的那些日子,至今回想起来还是那么鲜活。

第四章

你该庆幸你是台湾人

在美容院卖内衣，这份工作改变了当时硕士毕业不久的我的世界观，具体原因有几个：

第一，我想不透是谁会愿意花近两千元买下我手上这件内衣，"胸垫是负离子的，可以排毒，让你的胸部颜色更漂亮"。同时我还在推销一件竹炭内裤。是，我们公司的内衣确实很好看、材质也不错，但是一千八？杀了我吧！

更吓人的是，买的人并非都是那些花枝招展、老公是做金融或工程的家庭妇女，还有一些看起来平凡、连妆都不太化的小女孩，套句美容师跟我说的："推销时不必替客人心疼价格，毕竟，人家可以花一千多元买内衣，我们不行。"

第二，我想不透这些八零后为什么要结婚，你在美容院待个一小时就会讶异于有多少光鲜亮丽的妇女一边痛骂老公孩子，一边接受美容师的排毒疗程以及被推销抚平皱纹的紧致面霜。我和美容师会玩"猜客人几岁"的烂游戏，有好几次被我们认为已经三十五的客人，实际也就二十八九岁，那些客人骂老公孩子也骂得最凶。

但是通常他们还会问那些"比较老"（也就二十四岁）的美容师，什么时候结婚啊？大陆很多地方对于结婚生子的"怨念"，让我很难理解。台北孩子这方面压力相对小得多，不是我们不传统，而是结婚？又生不起孩子，何必呢？

第三，到底人们什么时候想被"销售"？事实上，我们不会推销内衣给每个客人，也不会因为你穿着一身 Chanel 就觉得你一定是顾客。前期铺垫工作通常会由美容师来做，当一个客人在结束一个排毒塑身疗程后在镜子前端详自己，这时会是一个好时机，你都花了好几千去按摩腰上的脂肪，当然需要一件好看而且有点性感的塑身内衣对吧？

但是，还真有好几个客人在我们口沫横飞地讲完话后把我们赶出房间，留下一句"我最讨厌销售"，喂，那你为什么还要一脸饶有兴致地听我讲半小时，还看了一堆内衣？早说嘛！

我在当销售快一个月后记住了所有内衣和塑身衣

款式,甚至能洋洋洒洒地说出不好的内衣钢圈对胸部的危害,但有时也会搞不清状况,比如量"大腿围"时会量错(是要量大腿的中部还是大腿根)。但最重要的是,我学会了如何穿得像一个得体的内衣销售。

洗完澡后喷上体香剂,然后在脖子附近抹上一点点香水,吹干头发后将头发工整地束在脑勺后,别绑高马尾,那是小姑娘美容师的特权。然后戴上小珍珠耳环,穿合身的洋装,能凸显出腰和胸部的曲线。套句章姊说的,做这一行的第一条:有好看的身材,这比口才还加分。洋装颜色不要太鲜艳,也尽量别一身黑(章姊认为这看起来不太吉利或是太老气),白、淡蓝、浅灰等淡色很适宜。有次看见我在镜子前捣腾头发和服装,思凯笑我:去"接客"的女孩可能都没有这么认真。你才赚多少钱啊?

章姊一周会出现在办公室两次,我们平时不用进办公室,每当章姊进办公室时我们就要在,有时是开会讨论大家在销售时遇到的问题,有时章姊会教我们礼仪:比如,怎么走台步之类的,讲的七分真三分假,但大家玩得不亦乐乎。但看着这群热闹的同事,总有种飘忽的感觉。

我到底在做什么啊?

我对于自己的销售成绩一直挺心虚，虽然外表维持得很像个专业人士，但遮掩不了一个残酷事实：我目前做得最好的工作是帮方玲记数字，她念一个我写一个数字，胸围、腰围、臀围、前臂长、半身长……以及，在方玲推销得口干舌燥之际接力，推销几件价格尚可接受、材质尚佳也可以看的内裤。

　　幸好章姊从来不问我的成绩，虽然我总感觉她在克制，在这种管理层都是台湾人的台资公司，台湾人把台湾人开掉总给人"不体面"的感觉，中国人毕竟讲"老乡帮老乡"。方玲也从来没有表现出"你怎么这么没用"的鄙视，这个高中都没读过的小女生老带着我闯马路，她不懂什么中美局势或两岸关系，但是，她比我昔日碰到的那些家境不错、学历优良的同事们都体贴。

　　在我工作正好满一个月的一个周一上午，我和方玲坐在办公室里"员工训练"，她假装刁蛮的客人，我则是一名干练的销售，"这内衣好贵啊，一件要快两千，凭什么啊？"

　　"这胸垫和外面卖的都不一样，负离子的，可以避免黑色素沉淀。我帮您穿上您试试看，这个造型和舒适感和外面连锁店卖的是不一样的。"

"可是贵就是贵啊。"

"那很抱歉,价格就是这样的。我先帮您穿上,您自己感受一下?"我耸肩。方玲气得打我,这样不行啦,你怎么一点耐心都没有。

"珉珉,"章姊从办公室里走出来,拍了拍我的肩膀:"这星期方便出差吗?"

看我一脸意外,章姊补充:"目的地是在上海附近的一个小城市。你不想看看公司其他资深销售是怎么工作的吗?"

"没问题",我点头,特别问了句:"那我需要自己买高铁票吗?"章姊笑笑,"不用,公司会帮你买好,周三在北京南站集合。"

公司出钱、能暂时逃离北京,对于当时的我来说就是免费度假,我难得抱着愉快的心情下班,一进门就看见皓宇坐在沙发上看新闻联播,思凯在狭窄的厨房里炒菜。对了,说到皓宇,记得上一章节的最后有位公安打给我,说"我的朋友"李皓宇出事了吗?

嗯,那家伙根本没出事,不过是手头上没有人民币了(连微信里也没有钱),所以假装成公安打给我,让我去接他回家。

"你知道假装公安是会被抓去关的吗?"我追着他

打。

"如果不这样说你会来接我吗？反正我们是邻居啊，而且我也只有你一个朋友。"他说得理直气壮。

"你在北京不是有女友？"

"这么丢脸的事哪能让女友知道？我是个男人耶！"

就这样，我、思凯、皓宇自那晚之后莫名开始熟稔，一下就变得跟老朋友一样。我，是个不太喜欢自己工作的内衣销售；思凯，一个还在找工作、前途茫茫的离异妇女；皓宇，喜欢服务员的工作，但女友对他的工作非常不谅解，所以在纠结是否要转行。

我们三个，与过去台湾多数人认为的"外派北京的光鲜亮丽台湾人"完全不同，我们不是"白领"，我们的状态都会让许多人投来担忧的眼神，但我们都不想现在就离开北京。

"不知道以后会怎样，但宁可现在在北京艰难一些，也不想就这样投降回到台湾。既然如此，就给自己三个月试用期吧"李皓宇这样说，我和思凯附议。

这个意思是，如果三个月我们的状态还是这么糟糕，那就一起打包袱款款回台湾。现阶段，我们再试三个月，这三个月是我们和北京的试用期。

除了互相勉励之外，我们三人也是"利益共同体"，因为思凯在前段婚姻中练就一身好厨艺，晚餐当然要一桌人一起吃才香，菜钱我们三人平分。我一向讨厌跟台湾人一起抱团取暖，从前在学校里也不跟台湾同学玩耍，台湾人抱团，除了一起大骂北京地铁脏乱差、房租多高生活多不易以外，还能有什么正能量？

但此刻，闻着思凯炒菜的香气，我无比庆幸身边还有人在。至少还有个陪我一起吃饭的人，不然这个小公寓就是冰冷的安身之所而已。"你在想什么啊？快看这段，何炅说话太逗了！"坐在沙发上看湖南卫视的李皓宇拉拉我的手，笑得像个白痴。

"你今天没跟女友吵架啊？"李皓宇和他的大陆女友把吵架当三餐的，我和思凯已经能在锅碗瓢盆摔碎的声音中安然入眠。

李皓宇不再笑了，喝了一口燕京啤酒，把罐子捏得嘎嗞作响。"冷战中，她说她后悔找一个台湾的。她说，以前都认为台湾男生像偶像剧主角，有礼貌、会打扮、温柔，交往后才发现这不过是好看的皮囊，不如大陆男生顾家有责任感。"

"我说，我也烦她这种大陆女生，成天就是比较。虚荣心作祟。"李皓宇把空的啤酒瓶扔进垃圾桶，瓶子落地,发出很闷的"咚"的一声。"你觉得台湾男生和大陆男生,你会选哪个?"

"按照我的经验,可能是大陆的。我读书那时和北京清华大学的男生联谊,一起去某位男生家包饺子。你知道当男生在做馅料、包饺子、煮饺子时,我们女人在干嘛吗?"

他摇头,我笑着回答,"我们女人啊,只负责在客厅滑手机。你看看,现在思凯在炒菜,你在看湖南卫视,高下立判了,对吧?"

李皓宇愣了一会儿,然后咚咚咚地跑进厨房:"思凯思凯,需不需要我帮你拿盘子?"

我有两个去过台湾的大陆同学曾问我,为什么台湾男生看起来都好年轻,三十多岁感觉仍是大学生?不像北京,许多男人二十多岁看起来像四十?我说,老得慢,是因为幼稚,我碰过的台湾男人年近三十都还像个孩子,成天就想着出国玩和吃美食。

李皓宇,真是个够典型的台湾男生。他会准备不昂贵却费尽心思的小礼物,会制造浪漫,会直白地跟女友说"这个年代哪个年轻人买得起房? 不都是靠爸妈? 我们租房也可以过得好",甚至会直接表态"我不想要小孩子,我们两个过就很好"。

他想要拼出一个好未来,但不代表他有什么雄伟野心,他想帮企业管一家店却不想自己开店,因为那样太累了,没时间约会。他就是这样典型的台湾男孩子。

想着想着,思凯和皓宇已经把菜端上桌了。思凯煮了台湾人都爱的菜色:丝瓜蛤蜊、蛤蜊蒸蛋和蛤蜊姜丝汤,心满意足地跟我们说:"这附近有个海鲜市场,蛤蜊很便宜啊,还让你用手挑。在一般的大卖场都不让下手的。"

"不愧以前做过人妻,贤惠,你前夫外遇真是不识抬举。"我适时地称赞。

丝瓜蛤蜊基本是台湾人从小到大桌子上的必备菜,谁家的妈妈都会时不时做一道。所以我们仨不约而同开始进攻那道菜,一时之间除了餐具碰撞声之外,大家都埋头苦吃,气氛一阵沉默。

正在想要不要踢一下一向聒噪的李皓宇,让他讲个笑话,结果平时最寡言的思凯先开口了。"我今天跟我妈通话了,自从我跑到大陆后,很长一段时间我俩就这样僵着,我发的信息她基本已读不回,偶尔我问她近况,她才跟我说三个字'挺好的'。没想到,昨天她打给我,问我在北京过得怎么样。"

我半开玩笑地跟她说,都好啊,等女儿找到好工作，就出机票钱带她来北京，还要请她吃烤鸭。一般的父母听到这种话不是都会很高兴吗？结果，我妈说"就凭你？算了吧，不要哭着逃回台湾就好，小心被骗的人财两空。"

我有点不满地接话："我觉得很奇怪耶，为什么都觉得在大陆就会被骗？我碰过帮助我的明明就比较多。台南人到台北找工作，大家会问'小心不要被骗'吗？为什么到大陆就觉得会被骗？"

"在一个陌生的环境，理所应当吧。我周围的朋友也一直问我，到底这里怎么样？是不是真的像媒体上说的一样，很竞争、大家很勾心斗角，一旦不加班不努力就会被开掉？"皓宇耸耸肩。

"你周围的台湾朋友知道你在烤肉店工作吗？"我看着皓宇手指上的水泡，皓宇点头："知道啊，我跟他们说过我去北京跟叔叔一起做烧烤店。"

"不过，他们以为我一到这里就是做店长，媒体不是都说吗，台湾服务业赢大陆二十年，所以我朋友他们以为我这个在台湾做过服务业的应该到北京可以秒杀这里的人。确实啦，我的大陆同事都说要像我学习，因为他们说我比较柔和有耐心，但是……说真的，真有二十年的差距吗？我不知道。以前台湾的娱乐业，不是也说超过大陆二十年？"

"我常听我们店的店长在跟我谈未来规划，我发现这里的年轻人跟台湾差异最大的不是谁能力比较好、谁能力不好这种假议题，而是这里的人是那么敢做梦。他们一派轻松地讲几千万几千万人民币，好像在台湾我们讲几十万新台币一样，我不知道这种乐观是因为他们成长于一个从贫穷逐步往上的地方，还是他们认为'反正交给政府就可以了'？"

"因为政治体制和经济繁荣吧，这里认为反正一切有政府，台湾被蓝绿玩了二十年，觉得靠政府根本没有用，一切只能看自己。"我说完话，思凯和皓宇不约而同地点头，然后气氛一下子沉重了。

讲到政治，三个台湾人都只能沉默。我知道思凯家跟我家一样是偏蓝，而皓宇家以前是投民进党，后来又投国民党，现在又转向民进党了，算是"虚无的中间选民"，但是我也知道我们三个人此刻都对投票兴致缺缺。毕竟这又能改变什么呢？沉默的气氛中只有新闻联播的电视背景声音，正在讲中俄关系，又一则台湾人难以产生共鸣的新闻。

是啊，关台湾什么事呢？

台湾就像个桃花源，国际出了什么大事，都不会有台湾一份。大陆人常说经济基础决定上层建筑,但当我在台湾时,很少有同事会说"希望经济变好""今年经济特别差,希望明年好"这种话——就连那些比我年长十岁的同事都这样。大家沉浸于看电影和旅游,顶多用脸书刷刷新闻,有的时候我甚至不明白为什么新闻上说"区域经济协定"对台湾很重要,再怎样反正台湾不都是这样?

但是我却还是离开台湾。如果我真觉得"无所谓,吃吃喝喝就好",为什么我离开台湾?为什么我宁愿在北京卖内衣也没有回台湾?我心底是不是还有一个期盼?

在这个城市,咖啡店里的影视人动辄几千万几千万地谈,谁都想赚钱,谁都似乎看到一个"未来我会过得很好"的幻影。去除背后有台商叔叔保护着的皓宇,思凯是不是跟我一样,也是想在这城市抓住一点"什么",才撑到现在?

吃完饭我们把盘子洗了,有默契地各回各家,思凯在客厅的小桌上用电脑,我则百无聊赖地转电视。除了敲键盘的声音与电视上的笑声之外无人说话,我和思凯倒也不尴尬。我俩平时共处一室,多数时间就是这样各忙各的、一夜无话。

思凯和我虽然都是台湾北部的姑娘,但我俩到大陆后的经历不同,她的微信里台湾朋友多于大陆朋友,我则相反。她最近才开始用微博关注小 S,我的微博里已经有与同学去西安的照片。

我不知道平时我上班时思凯在做什么,但我知道她现在不再每天睡觉了,开始整理履历表,还把衣柜里几件正式点的洋装都烫平挂好。除此之外她还收拾房子,把这间属于章姊的房子从一间仓库扫成了一间宜居的老公寓,在客厅还摆上花瓶,花瓶里插着我在小区附近散步时顺手买的雏菊,特价九块九。思凯寡言,平时极少主动提及自己的事,我们的对话通常是"我问她答"。

但是我总不住地猜测思凯的经济情况,她虽然离异,但骨子里还是一位"台商太太"。我对于商场的衣服望而却步,认为还不如淘宝强,思凯的每一件洋装都是上千起跳。她极少外食,对食物的质量也有讲究——虽然离婚后手头不宽裕也得去菜市场杀价,但买牛奶,还得是韩国牌子。跟国贸的小资白领一样,或许账户里没多少钱,但在外人看来仍旧光鲜。

我目前问过思凯唯一一个私人问题,就是她怎么会住在这里的？她说是台干太太曹姊介绍章姊给她认识的，至于曹姊怎么会认识章姊？思凯说："她们都是来了十多年的台湾老鸟，什么深圳北京上海都待过，老公又都是科技业的，房子买了好几套，圈子也就这么窄。"

坦白说，身为一个有众多大陆朋友的台湾人，我对于"台湾圈子里的台湾人"并没有很大的好感。有时在一家餐厅碰上隔壁桌也是台湾人的，我们大多互相看一眼，然后压低声音告诉各自的朋友："那桌也是台湾人，真是，台湾人越来越多了啊。"

台湾人遇台湾人，或是勾心斗角，或是相濡以沫，平时未必多喜欢对方，但是在特定时候总会惺惺相惜。

"你有写公众号吗？"

"嗯？"面对思凯突如其来的问题，我一时没缓过神。"公众号？"

"现在不是很火，大家都在写？你的大陆朋友比我的多，所以想问问你，有没有经营公众号？"

"没有，我现在不写东西了。"

"现在不写？所以以前也写过？"她的眼睛终于离开计算机屏幕，转过身面对我。

"对，以前常写作，现在不了。"

"为什么不写了？"

我不断按着遥控器，从北京卫视转到了江苏卫视。"以前看到了好多好多两岸间的不同，那时大陆同学也老问我台湾的事情，我就把和同学间的互动写下来。那时看什么都新鲜啊，连北京地铁厕所改装都能写成一篇文章。后来进外商，每天都是高强度工作，就没有精力写作。现在倒是有点时间，但是我要写什么？卖内衣碰到的客户？还是教人怎么卖内衣？"

喔。思凯的视线再度转回计算机上，然后淡淡地丢来一句："我现在也在尝试写点东西，想开个微信公众号。"

"是吗？写什么？"我凑过去看，被她一把推开。

那天晚上我上床睡觉时，思凯都还在客厅的小桌上或是打字，或是苦思。我关上灯，看着计算机的白光照在她的脸上。莫名地，我翻了好几个身，始终没有闭上眼。

我突然有种恐惧。这三个月内，如果思凯顺利找到一份好工作，或是突然成为公众号爆款文作者，是不是就会离开这间小屋子？而原本就在亲戚的店工作的皓宇，会不会成为一家店的店长，加薪升职，也在北京找到属于自己的道路，成功向前迈进？

会不会三个月后，只有我灰溜溜地逃离北京，回到台湾找家人哭诉？

很多大陆人认为台湾人在大陆享受了一切该有的、不该有的福利，其实并不如此，最具体的案例就是此刻我站在北京南站的人工取票窗口，看着那一条长长的人龙咳声叹气。不能机器取票，这是台湾人在大陆的心头痛。

特别是当你还在赶着出差时。已经提早了四十分钟出门的我压制不住自己的焦虑，正刷着微信时一个陌生女子加我微信，交友认证写着"同事"，我才通过交友邀请，微信语音通话就打来了："小郭啊？你在哪啊？"

那股大嗓门吼得我有点皱眉："我在人工售票第四号窗口。"

不一会儿，一个染着金发、穿着黑色蕾丝洋装的四十岁女人扛着一个粉红色大行李箱冲到我旁边，画着浓浓的黑眼线和艳红色口红，"小郭哟，我姓沈，叫我沈姊吧，我们这次一起出差！"

她一派自然地挤到我旁边，咚地加入排到一半的队伍，我身后的一位大叔、再身后一位老外都皱眉，似乎在衡量"请按规矩排队"的正义价值和跟大妈吵架的风险何者更高,但显然大众都认为"正义诚可贵,若遇上大妈,一切皆可抛"。沈姊稳稳地站到我身后,开始跟我讲解这次出差要注意哪些。

我承认我没在听,我只想跟后面的大叔、再后面的老外说一声:对不起,但我也不认识她。当沈姊一派高兴地跟我说"太好了,还有两个相连在一起的位置"时,我才从恍惚中惊醒,认清了自己往后几天要与大妈同进退、同就寝的命运。

"你喜欢吃些什么呀?"一坐上车沈姊立刻从包里抽出一个便利店的大购物袋,有好几包泡面、瓜子、水果罐头和几瓶牛奶,应有尽有。不过就五个小时的车程,至于这样吗?看着沈姊那略带岁月痕迹的眼角,我不自觉想到"小时候物质匮乏的后遗症"这几个字。这样想是挺"过度联想",但有些时候这种缺乏科学印证的刻板印象就会这样子跳出来。

我突然想到,在北大读书的时候我一位同学的父母是个偏远地区的小官,但父母给他很多很多零用钱让她从吃喝到穿着都能用好的牌子,而我的父母愿意资助我的钱跟她相比微不足道。一个父亲是台商的台湾同学跟我常私下感叹,为什么多数台湾父母不会这样"宠着"孩子啊?

后来我知道那位大陆同学小时候也是过着苦日子,好不容易上了北大,父母把能给的物质条件都给她。大陆父母是不是过苦日子过怕了,能有一点钱就塞给孩子,希望孩子不要像自己那样?这跟台湾父母太不一样了,我爸妈最常念叨的,就是"省着点,以后你也赚不了那么多"。

"欸,你不吃吗?"沈姊拍拍我。

"不用了,谢谢沈姊,我有带一包泡面和茶。"

"行吧,但想吃就拿啊,别客气。"沈姊哗啦地打开一包瓜子,一边嗑一边跟我聊些家长里短。依照我在大陆数年的经验,不论是出租车司机还是路边偶然巧遇的大叔大婶,问的第一个问题一定是"多大啦?有

男朋友了吧？"沈姊也没有跳脱这个套路。

"我没有男友。"听到我的回答，沈姊瞪大眼，我已经知道她下一个会说什么——年纪差不多了呀，该找了吧。当她真的说出口时我笑笑，没有说话，内心是掩盖不住地烦闷，结婚了没呀、该结婚了呀，这种话谈来谈去老像个只会七嘴八舌的邻居阿婆，亏她还是职业妇女，能不能聊点有意思的？

我闭上眼睛，沈姊似乎注意到我的寡言，自顾自地嗑着瓜子拿起手机看家庭剧，她真的把声音外放了！我转头看着她，她过了几秒钟才惊觉，吵到你是吧？抱歉啊。然后在那只不知真假的 LV 老花包里翻来翻去，我看着她翻了三分钟终于受不了，从我的包里拿出耳机递给她。身旁安静了之后，我才恍惚地入眠。

不知睡了多久，我被身旁的声音惊醒，沈姊竟然读起了英文，而且大嗓门的她是"不小声"地朗读，Beau～～tiful。"Beau～～逮否。"

"沈姊，你学英文啊？"

"对啊，抽空练练。之前有个客人老爱中英文夹杂地说话，据说是在国外待久了，幸好那时候我跟章姊一起帮客人服务，章姊听得懂。章姊学历很好的样子，跟你一样，你们台湾人是不是英文都很好？"

"当然是要看人的,很多人也不怎么样。"我笑笑,在美容院工作的这几天我听过不少大陆普通百姓对台湾人的问候语:台湾人是不是素质都很高、台湾人是不是都挺会保养皮肤的、台湾人是不是都讨厌"中国人"……这种"台湾人是不是都"的问题虽然哭笑不得,但是十个问题里有七八个都是正面的,有时差点脱口而出"其实我们台湾人也不是都这么好"。

"那你英文好吗?"沈姊问我。

"还行吧。"

"太好了,那你教教我啊。"她把书本丢给我,然后一句一句开始说给我听:"You are so beau 逮否。对吧?"

"Beautiful。Ti 读'体',不是逮。"

"好啦,那这句我知道了,下一句呢? Thank you. 这没错吧?"

"没错。"

"然后这句是 You look so pretty。这个字读'普瑞体',对吧。"

"不太对,你跟着我念一次,pretty。"

"好啦,我知道了,那下一句是……"教沈姊说英文有种奇妙的感觉,因为在台湾,我没有学过如何跟父母那样的"上一代"沟通,以前在台湾上班时碰到的中年人多属"不可冒犯"的一群。台湾职场一般注重辈分,年轻人就是要虚心学习,上一代的主管或老员工就算说错什么话,我们也会很有礼貌地提醒,但千万不能让老人认为你看不起他。

我老妈也是这样,有时候看美剧时也会问我一些英文单词,我教她,她还会质疑:"是吗?刚刚那个男主角不是这样说的啊?你是不是记错了?"

但是,你如果索性摊手不说话,她还会生气,这样就生气啦?你们现在年轻人怎么这样?瞧不起我们老年人啊?幸好,沈姊虽然年近五十,但比我老妈好教,缺点是嗓门也比我妈大,有好几次我都感觉旁边的年轻男人在瞪我,后面的年轻女学生则在窃笑。

终于熬到了上海站,然后我们再搭巴士前往那个邻近上海、据说经济不差、有诸多外企的小城镇。到了该地的巴士站,沈姊说要去找厕所,我百无聊赖地站在路旁,正打算拿出手机来玩,不料一旁传来很大声的情侣争吵声音。第一时间,路人交头接耳地避开,我也皱眉躲开一些,两人用各种不雅词汇问候对方父母,不少经过的民众又想继续赶路,又不想错过好戏地放慢步调。我心想:沈姊真是挑对时间去上厕所了,错过好戏,这种家庭伦理剧她应该也爱看。

不料,剧情的发展跳脱观众所预料,男的抄起车站地上扫地阿姨留下的拖把,往女孩身上狠狠打下去。所有观众跟我一样,像是看电视剧一样目瞪口呆地看着这一幕,男人打了女孩一下、两下、三下,女孩毫无还手之力,断断续续的啜泣声终于刺破我的耳膜,敲打着我:醒来,这是真实,这是真实发生在应该安全的南方城市的一幕。

没有人帮忙,议论声越来越大。周围有一个、两个、三个男士,他们或是站在自己的女友旁边,或是拿着自己的包驻足观看,人们就这样看着肮脏的拖把一下下打到女孩脸上、身上。

我想拉那些男人帮忙,但从他们的表情我知道可能吃力不讨好,我环顾四周,那一刻眼睛的视野像是电影镜头一样四面扫射、搜寻,这里是车站,应该有保安。对,保安!我瞥见不远处有正在指挥巴士秩序的工作人员,两个,男的,我冲过去,听到自己用又尖锐又嘶哑的声音大叫:"帮忙啊,快帮忙啊,有人打女人!"

工作人员听到我的声音有些愣着,我抓起其中一个人的袖子将他拖向战场,听到自己的心脏在跳动,我的脸颊因为生气而热辣辣地烧成一团,那个男人怎这样，那个女人是不是晕倒了，除了我之外难道没有人在意这些吗？两个工作人员已经恢复判断，被我扯住袖子的工作人员让我退开一点，然后和同事一起将失去理智的打人男子分开。

其中一个工作人员开始劝诫男子，打人是不对的，把人打死了怎么办？我听到男子用低沉的声音说，死了就死了。

女人摇摇晃晃地从地上爬起来，略过工作人员的担忧问候，拎起小包包，走了。她自己抹掉脸上的脏污，在路人甲乙丙的同情目光中退出战场。男人随后也走了，观众们也跟着散场。

"原来你不认识他们啊？我看你紧张的样子，以为你认识他们。"其中一个工作人员看着我："现在没事啦。"

没事了吗？我感觉自己的心脏跳动还没有平复，我仍听得到自己心跳的声音，一下一下。

然后，我发现沈姊站在一旁，一脸不悦地看着我。

"你在干嘛啊?"这是她说出口的第一句话。

我看着她的表情，那一瞬间我再也无法掩盖住我对她的轻蔑。

是，我之前认为她是个普通的大妈性子，大嗓门、不顾虑公众场合要安静,但这些许多时候是"中产阶级的自以为是",说直白点,不过就是自认受过教育的一部分人,瞧不上仍有些"旧时代习惯"的、本土的、乡气的另一部分人。

但现在我认为,她不只有旧时代的习惯,还有着自私自利,以及不顾他人死活,就如同刚才木然围观的那些人一样。每个人都会害怕,但是那种明明可以做些什么,却漠视的态度,就是恶意。

跟我出差的这个同事,不过就是个自私自利的大妈。

在险些发生情杀命案的巴士站,我和沈姊爆发严厉的争吵。那时我知道了,有些时候人们在愤怒的时候反而会放低音量,越是愤怒,人们越想假装冷静。"什么叫'你在干嘛'?你觉得我在干嘛?在你眼中没有'路见不平'四个字是吗?"

"什么路见不平?你为什么要管别人的家务事?你是太闲了吗?你没有工作要做吗?"沈姊(在我看来)毫无道理地蛮横反问。

我冷笑:"别人的家务事?亏你也是个女人。就是有你们这些自私自利的人,中国人的素质才一直让人瞧不起。就是有你们这种人，人家才说中国人素质低下、道德沦丧。你懂不懂什么叫家暴？你懂不懂在任何情况下男人都不许打女人，这是犯法的，这是国家该介入的。我不知道你有没有结婚，但是我祝福你以后被老公这样在街上打，而每个人都袖手旁观。"

"什么意思？你是什么意思？你咒我吗？"沈姊就像电视剧里的恶婆婆一样，尖声咆哮完后嘴角挂上跟我一样的轻蔑笑容。"你就博爱、你就不自私？你工作到现在给公司带来多少绩效？你有没有考量到如果你介入情侣打架耽误了工作？"

"对，我耽误工作、我没有绩效，但至少我是一个正直的人！至少我问心无愧！"讲完这句话，我和她却同时发现一件天大的事——原本被我丢在一旁的行李箱，不见了，里头有工作要用的内衣样本和我的换洗衣物。我非常确定我在介入"战争"前都拎着那个黑色箱子，所以或许是有人拿错了，或是顺手牵羊。

沈姊也立即明白这个情况，这让我们的争执更上一级。"哟哟哟，这就是你的问心无愧吗？连工作的东西都没有顾好，你凭什么问心无愧？你是热血过头、天真烂漫的十八岁女孩儿吗？你知不知道你已经出社会了！你知不知道你这样做有多不负责任！我看你该庆幸你和章姊一样都是台湾人，如果你不是台湾人，她早就把你开除了！"

我冷笑的面具一瞬间崩裂，但我知道自己依旧挂着那个逞强的笑，用冷静的声音说出一段我自己都难以相信的话。"对呀，幸好我是台湾人，我是台湾人所以我知道要帮助一个被追打的女孩子，相反地你们这些真正的'同胞'除了站在旁边拍照以外还做了什么？你就是那种别人被打死你都只会在一旁拍照和议论的路人吧？你的眼里除了钱之外是不是没有一点正义和道德？你敢不敢回去跟你的亲朋好友讲今天有一个年轻女人差点被打死，而你只会袖手旁观？"

"我就算工作上不负责任，也比你这种没有良心的好。至少我还是个热血过头的人类，不像你是个良心被狗吃的僵尸。"

接下来的骂战我们俩完全失去理智，"我现在就打电话去跟章姊说，让你滚回去，我带不起你！你给我滚""滚就滚，谁稀罕跟你一起出差啊""你给我滚"。这几句话不知重复了多少次，沈姊提着行李消失在我的视线，而我背着自己的随身小包包，站在人来人往的车站，一度想找个时光机回到过去。

这是个噩梦吗？我在异乡，丢了一箱价值不菲的内衣,还和资深员工用尽各种难听话大吵。

这就是我的"问心无愧"吗?

如果能再重头来一遍,我想我还是会出手帮忙的,只是面对沈姊,我能不能不要做得这么难看?

不知道过了多久,我才挪动脚步,去车站旁的警察局。警察跟我说,很有可能是拿错行李了,简单地问过之后就让我留下手机号,警察安抚我"如果有人还回车站,我们会打电话通知你"。我艰难地从嘴里吐出几个字:那我在这里等着吧。

"在这里等着干嘛?先回去休息啊!你在这里一等要等多久?"警察劝我。"没事,反正我也没地方可以去。"听到我说这话,警察露出欲言又止的表情,叹口气后回到工位上继续办公,偶尔还投来一个担忧的眼神。

受不了那种被关怀的眼神,我决定出去透透气,和心目中那位"自私自利的大妈"吵完架后,心虚超过了怒意。我不但没有顾好行李,对于这份工作,我是否又全力以赴过呢?

对未来迷茫的人平时是怎么过的?看我和思凯的日常就知道。我常常关在小房间里看动漫,那种"正义必胜"的励志日本动漫,然后在 word 文档上抄录里面所有励志的字句,比如"有阳光的地方就有阴影,所以有阴影的地方也有阳光。绝望的颜色越是浓厚,在那里也一定存在耀眼的希望之光"。

思凯则是买了一整套励志书籍放在书架上,时不时就翻一下,她还真像书中说的一样,拿一张白纸写下自己三个愿望,书中说这是"向宇宙许愿",我常开玩笑地问她,宇宙回应你的愿望了吗?

烦死了!烦死了!烦死了!

我坐在路边的椅子上,看着这座城市,自从毕业后我感觉自己虽然活着,却是漂浮着的,在这个社会找不到自己的角色,就这样浑浑噩噩地吃喝赖活着。打开手机,无意识地刷起朋友圈,突然发现李皓宇的朋友圈转发了一篇文章,"我,一个 28 岁的台湾离异妇女",我点开来看,作者是思凯。

她真的开了公众号了。虽然阅读量不过 30 多,但笔锋确实犀利又不失幽默自嘲。我突然有种卑劣的想法,希望思凯不要"前进"得这么快,希望我在这个小公寓,她也在。

思凯确实在前进。每个人的人生都不一样,不用去比较,这道理谁都懂但谁能做到?日前思凯去某家

公司面试了"专职礼仪小姐",那家公司要她交 800 元的拍照费用,帮他们拍了一组艺术照,然后表示如果有任何需要礼仪的活动,一定会发信息给她。

"这是骗子吧?"我问,结果上周末,那家公司还真发了信息给她,问她有没有兴趣去"北京玻璃展"担任两天的英语翻译,从早上十点到下午六点,一天不过两百五十元。

思凯顺利完成两天的工作,完工后的晚上一边喝啤酒、一边跟我分享心得:"你知道去北京玻璃展最多的是哪些国家的吗?印度和阿拉伯。你知道磨砂玻璃的英语怎么说吗？Sand glass,我现场随口乱说的,没想到那些老外真听懂了,我还做成了两笔生意。"

我附和地笑着,却止不住地想:思凯去两天展览都可以做成两笔生意,我在干嘛啊?

人在没有自信的时候反而更热爱比较,从小我痛恨我爸妈总是拿我跟那些优秀的孩子比较,但如今我用了相同的方法对待且痛恨自己。

手机响了,我妈打了微信电话过来,自从上次我暴怒之后我们几乎没有联络,我主动打过去也不接,偏偏在我如此落魄之际打给我。妈妈是不是总有个雷达,就算不见面也知道女儿是否穷困潦倒?我接起来,没想到第一句话就来者不善。"你要不要回台湾?"

"不回。"我想都没想。

"你不是总是工作不顺心?回台北至少有房子住吧?你在北京工作能存钱吗?就这样混着能混出一个名堂吗?"

又来了!我深吸一口气,再深吸一口气,又来了!我想说点温暖的好听话,我不想要当个讨人厌的女儿,但为什么又来了?

"你看看你姊姊,大学毕业后就考上公务员,你这样让我们很担心知不知道?"

我也想对父母诉苦,我也想当个贴心的好女儿。

其实,我想告诉爸妈,我现在过得并不好,但是我想再试一试,希望他们支持我。

其实,我想告诉爸妈,我有时会做噩梦,梦到家里失火,醒来时满脸都是眼泪。我对他们也有愧疚。

其实,我想告诉爸妈,我真的很希望能跟他们沟通,我在北京这些年我投稿过媒体,我不是都在吃喝玩乐,如果他们别老是一开始就否定我,我想告诉他们很多事。

但是,他们总是一听完就批评我,工作不顺一定是你态度有问题,你为什么不能成熟点,工作哪有快乐的?这养成我任何事情都埋在心里的个性,我会不断告诉我自己,不能跟爸妈说,他们只会骂你。

就像现在这样。

"我们都不知道你在想什么。你现在工作内容到底是什么?你工作到底顺不顺利?我都感觉你在隐瞒什么,为什么都不跟家里坦白?你总是自作主张,让家人担心,你可不可以不要总觉得自己很聪明?"

我咬牙,一字一字,清晰地告诉我妈:"对,我对你们隐瞒了很多事,但那是你们咎由自取。你们为什么总是否定我?你们为什么不能像别人的爸妈一样关心一下孩子？如果你们觉得我不如别人家小孩优秀，你们为什么不能像别人家的父母一样当个优秀的爸妈？"

"你们觉得我很差劲，你们觉得自己就很优秀吗？"

对，又来了，我们又以争吵为结尾。自从我在上海的工作失利以后，这几乎是每次跟父母通话的收场。我想打破这个情况，我相信我爸妈可能也想打破这种轮回的战争，但是显然我们双方都不够努力。

把手机丢回包包后，我看见一旁的女孩用惊恐的眼神看着我，她听完我说的每个字句，一定觉得我是个不孝女吧？

电话再度响起，这次是警察局打来的："有人放了一个行李箱过来，说是在车站时误拿了，你来看看是不是你的吧。"

找到了。我长长地呼出一口气。

拎着行李箱步出警察局，有一个人站在车站不远处的路灯下，那个人是沈姊。

有默契地，我突然知道她是什么意思，我们一前一后地在人行道上走着，我低着头看着地上两条长长的人影。沈姊突然开口，有别于她在火车上的大嗓门，讲这段话时她放低了声音。"我知道公司用了一个没经验的台湾小女生时，挺不以为然的，不过就是仗着自己是台湾人的身份吧？认为这是台资企业，台湾人比较混得开，我想你一定是这样想的。"

"我在台湾企业工作过，就是最普通的那种台湾菜餐厅的员工。台湾人吧，确实比较心细，但是对大陆员工比较刻薄，我那时的老板时不时透露着'我们台湾人，和你们大陆人有区别'的莫名优越感，我们几个员工会私下抱怨，那家餐厅的服务员也常辞职。"

"我见到你的时候，确实觉得你和我们公司的其他销售不一样，跟方玲不一样。你包里放着一本书、讲话轻声细语，你对我笑的时候我总感觉不是真的在笑。你好像不断在说，我跟你们这种人不一样。"

"或许这是我过去的经验吧，我觉得你们台湾人总是莫名地高高在上。我知道因为刚才的事情，你一定觉得'大陆人就是没水平、自私、没有道德'，我其实同意你做的事情是正确的，但我就是气不过你一开始就一脸'你们大陆人怎么那么没水平'的神情。"

"这让我想到我以前的老板。"

我抬头看着她。"沈姊，我是台湾人，我在北京一定比较好混？我找工作的时候，被多少企业拒绝？我在前公司受过多少'你们台湾人是不是都比较懒散'的冷言冷语？就算在那个台湾人在大陆的风光年代，仍有很多辛酸的台湾人，比如付出一切之后破产不敢回家，更怕哪天一无所有。"

"我也不喜欢那些上一代台湾人，有的台商抠门、自以为是，我也会有这种印象。你的台湾前老板很不应该。但是台湾人和大陆人，各有各的辛苦和委屈，也都有好人坏人。"

"我承认，我刚才的第一个念头，就是'你就是个没素质的大陆人'。对不起，沈姊。"

我们谁也没有再说话，只有行李箱轮子滚动，还有我们两人吸着鼻水的声音。但是我知道，我们这对背景、年纪都有着不小差异的两岸同事，和解了。

隔天，沈姊恢复了大嗓门，把我准时在八点叫醒。我们将内衣样品摊在床上清点时，她问我"你最喜欢哪一件？去换上"。我一度不理解为什么五分钟内就要出门，她还是要我换上这件黑色胸衣。

着装完毕后，我俩提着大包小包出发。

到达美容院后，美容师照常围过来嘘寒问暖，沈姊把我推到前面，语气得意地告诉美容师们"这是我们公司新来的销售老师喔，很聪明，高学历"，那些美容师有礼貌地发出"真厉害"的称赞,我虽然扯着嘴角微笑,内心有千百个心虚。

对美容师,千万不能讲"没有啦,我也没有很强"这种话,让美容师觉得自己配合的销售老师不专业,这绝对是大忌。但是每逢这种场合,我的耳根还是会迅速发烫,觉得自己真够丢脸,根本配不上这种正面称赞。

结果今天的客人出乎意料地多,甚至出现了同一包厢的两位女客人同时要看内衣的情况,我虽然曾单独服务过客人,但不过三次,而且其中一次卷尺拿不稳,另一次量错了腰围被客人指正。沈姊在另一侧滔滔不绝内衣的好,而我服务的这个年轻女客人正在皱眉,盯着我把卷尺绕过她的腋下。

"你们款式就是这种玫瑰花的?太老气。"

"我们还有另外一款黑色蕾丝的,我拿你的尺码给你试穿好不好?"

"不用了,我不看了。"她准备穿上衣服。

此时的房间里,除了沈姊和两位客人之外,还有三位美容师在场,我突然意识到一件事情,如果这位客人穿好衣服、扭头就走,沈姊的客人也会受到影响。章姊说过,如果一个房间有两位客人,这是机遇也是危机,一位买了，另一位也比较可能买。但是如果有一位没买先走了，另一位原先有意愿要买的客人也会说"再看看吧"。

所以，无论如何，不能让她这么快走。

"您等一下。"我拉住她，然后从上到下、一颗一颗解开扣子，脱下白衬衫扔到美容床上。"我想推荐给您的内衣，就是这款，我们家的招牌，这是我最喜欢的一件。不论您胸型是什么，穿起来的效果都会这样。而且这是无钢圈的，您要不要摸摸看这个罩杯感觉一下？"

那位女客人愣住了，显然她很少碰过有内衣销售会脱自己的衣服。然后，沈姊的客人从另一边看过来："哎呀，这款很漂亮啊。"

工作了一个月，我终于卖出了两件内衣，还有一件好几千元的塑身衣。

客人走后，沈姊和美容师围着我七嘴八舌地称赞，美容师问，你怎么敢直接脱衣服啊？

我用专业销售的口吻教训她，客人都光溜溜的，内衣销售又有什么不敢脱的？

我终于能挺直腰杆，接受称赞。而我承认，在卖出产品的一刹那，内心的兴奋雀跃与成就感确实无法用有限的字眼表述。

　　我过去数个月的担忧终于被打破。我不是个没有能力的人,我比我想象中的,还要坚强。

第五章

不要跟我讲往日荣光

我在回北京的动车上跟沈姊深聊我们这代台湾人。

我这个世代的人在台湾叫"七年级生",也就是大陆人常说的"八零后"。但是我们这个世代的人(特别是1985年以后的八零末世代),从小到大听过无数称呼:草莓族、啃老族、崩世代和失落的一代。财团化、贫穷化、少子化,这几个负面词随着我长大。

从小学开始我就常挨打,这并非是我调皮或不做作业,我们家家规比我的同学都严苛,看见长辈需要打招呼、作业必须做完、每天晚上要检查书包看课本是否都带齐了……我从小不跟老师顶嘴,这样乖的我却从小学被打到初中。

因为我数学不好。我们老师会设定及格线,"国文"八十分、数学七十分,这个及格线因人而异,成绩优良的学生及格线高,成绩烂的学生及格线也低。许多老师秉持差五分打一下的标准，比如你的及格线是七十，你考了六十到六十四分，打两下。同时，如果退步明显也要挨揍。

我一个隔壁班同学羡慕地说，啊，差五分打一下？好好喔，我们老师差一分打一下。

"那等老师打完，自己的手腕不都骨折了？"我讲完，我们一起大笑。那时我们不觉得这有错。

全班每个人都得挨揍，没有错；品学兼优的好孩子因为考七十分要挨揍三下，没有错；没有对师长不敬、没有不写作业却要挨揍，没有错。师长做的都没有错，我们觉得好痛，就自己找方法。

比如，在手上抹乳液，因为这样"爱的小手"（就是棍子）会滑掉（事后证明完全没有用），还有尽量躲到后面一点，老师会从前面的开始打，打到后面就会后继无力。结果，有时候老师从前排开打，有时从中间，有时从后排，毫无规律可循。

当然，不能跟家长诉苦，毕竟家长觉得打得好，我们教室的"爱的小手"有五根，全都是家长送的。

我第一次意识到原来我们对大人有恨，是在小学六年级，那是数学课，我揉着被打疼的手掉眼泪，前面的女同学看着我，她是班上的第一名，笑口常开，师长都喜欢。她也被打了，被打了一下。

她看着我哭，然后丢来几个字，真希望他死掉啊。

我知道"他"是指刚打她的班导，也就是数学老师，那时我不觉得她说这句话是可怕的，我只是在内心想着，是啊，他们大人都不存在就好了。

上初中后，我常把自己关在厕所，看着瘀青的手，想着为什么他们不去死？为什么他们不去死？有一次半夜，我爬起来，坐在我家露台的围墙上。我家在十六楼，风呼呼地吹着，我就这样坐着，像梦游也像清醒。

我知道往下跳能脱离大人，但是我没有勇气，所以我也讨厌自己。

上了高中之后台湾突然全面放开，老师不能管学生的发型、不能管学生是不是化妆或戴手链，体罚更成为禁忌。我有一个同学从小就不爱穿裙子，只是从小学到初中都被迫套上裙子，终于迎来了大解放。某天我们班的男数学老师劝她"像个女孩子那样坐好"，她起身，在上到一半的课堂上把裙子扯掉，露出里面的运动短裤，然后坐回位置上，翘起二郎腿。

全班同学疯狂鼓掌。

金色的头发、超短的制服短裙、在白衬衫上加上自己买的领带、书包里装时尚杂志、香香的香水，我的高中生活围绕着这些色彩斑斓的女孩。我有时努力回想，究竟我们为何从灰暗呆板、头发长度至少要与耳垂平行的初中，直接跳跃到那里，转变到底怎么发生的？但怎么想就是没印象。突如其来，大家就开始反抗"大家长们"，大家开始说"青少年也有身体自主权"。

我一下子成了朋友群体里面裙子最长的一位。"这样很像大妈耶！"朋友开玩笑，然后我气不过，去学校附近的修改店将裙子一刀剪短。

回家后我妈看着我的短裙皱眉，我早料到她会这样，立刻将书包里的成绩单拿出来。"妈，段考我第十名喔，有进步吧？"

我妈看着成绩单，随口一问："你以后想读什么科系？"

"不知道呢，如果可以不读去工作也不错。"我笑嘻嘻地。

我妈突然生气了："你不想读书是吗？你明天就去休学，直接去打工，年满十六岁就可以做兼职了，你去啊，去给人家端一辈子的盘子！"

我吓傻了，再也不敢拿"不上大学"开玩笑。

我以为自己很悲惨，有个严厉过头的母亲，但高三那年我找到一个比我更惨的朋友。我们从补习班下课的路上，她告诉我，她母亲说她不可能上私立大学，只能去公立。

"我想读辅仁大学英语系。我想当空姐，我的分数差不多落在辅仁外语，但我妈说只能读公立。我考不上同样好的公立大学外文系啊。"她漂亮的脸蛋有点黯淡。

"为什么？你家不是做生意？"我傻傻地问。

"生意有起伏，我妈想给我弟存点钱，我弟成绩比我烂很多，大学想出国读。"

喔，原来是这样啊……我与其说是跟着愤怒，不如说是讶异，原来台湾还有这种事情啊。九零年代开始我们大谈女权，那种重男轻女，不是应该出现在电视上而已吗？原来在我们台湾社会，真有年轻女生要"牺牲小我，完成大我"？

后来我去了辅仁大学，而她去了一所位于台湾中部的公立大学，读企业管理，她的分数可以上辅大英语系，但发榜那天她还是笑得很开心。上大学后我们失联了，只是我偶尔会想，她做这样的决定，她的家人是不是真的觉得轻松一点？

她的家人曾经知道她的想法吗？她真的开心吗？有一天她会不会为了自己曾经"牺牲过"跟家人大吵？

我成为大一新鲜人是2007年,马英九的声势如日中天,陈水扁成为人人喊打的过街老鼠,开学后不到几天,台湾新闻上播放着一则大消息:由于台海局势未明朗,北京奥运圣火不会到台湾。

　　"呿,谁稀罕啊。"我们讨论到这新闻时有同学这样说,大家心照不宣地笑着,完全不当一回事。同一时期我们看好的马英九正在疾呼"面向大陆,勇敢开放",全台湾笼罩着"要赚人民币"的氛围。

　　但是,对于我们这些大学生而言,我们对大陆全然陌生,只知道"经济好像很好",没有更多了。

　　我爸妈也在那年退休,有一次我们正在吃晚餐,他们不无得意地跟我说:"我们现在之所以能悠哉过日子,就是因为以前努力考大学、考公务员,好好读书才有好生活,知不知道?"

　　我内心不以为然,却不知道如何反驳,不久他们的这番话不攻自破。2008年金融海啸来袭,2009年年初,台湾爆发大规模"企业无薪假"的风潮。无薪假,就是企业因获利大减,表面上不开除员工逼你休假,休假期间无工资,你也无法确定能不能有"休假终止"的一天。

　　"年纪轻轻的小吴,刚成为科技新贵不久,清华大学硕士毕业,竟然也成为无薪假的受害者!"电视里记者拿着麦克风,用夸张的口气讲述着:"像他这样高学历的无薪假受害人全台湾不知道现在有多少……"

于是,热门工作除了公务员之外,还有餐饮业和旅游业,大陆游客赴台暴增,旅游业蒸蒸日上,台湾知名酒店、饭馆,都相继给服务员开出四万元新台币的高薪。"企业无薪假,大学毕业生争相投入服务业"的新闻频繁出现。

我爸妈只能换套说词:"至少你有大学学历,你可以选择是坐办公室还是当服务员。有选择权不是吗?"

我翻了白眼,反正有理没理,都是你们在说!

人家都说年轻人是国家未来的希望,但我在大三之后就发现,我所处的台湾社会不断贬低年轻人的价值,不要计较薪资、刚毕业多做一点、加班不要计较那些加班费、多学习少要求……大三暑假我所实习的那家知名企业,主管不断告诉我:"不要问公司给你什么,问自己给公司带来什么。"

有一整周我都加班到晚上八点半,跟我同样是实习生的女孩子从来不加班,每天六点准时跑去找男友约会。"她就不像你一样负责任。"总监这样跟我说。

当时的我,也认为那个女孩真不负责,大家都没走呢,凭什么她可以准时下班?

某天晚上,因为我工作上一个失误,总监把带我的主管(她是个人公司一年的24岁女孩)批评了一顿,等到总监气呼呼地下班,我们俩才发现已经晚上近九点。在收拾东西的时候那个姊姊突然爆发了,哗啦一下,把桌上的所有书扫到地上,指着我咆哮:"为什么我要做这些事情啊?!为什么我每天要搞这么晚啊?!我的薪水才两万四!"

两万四新台币,大约五千人民币,稍高于当时流行的"22K"。然后,我也爆发了:"我是个一毛钱都没有的实习生!为什么另一个实习生每天准时走,我做这么多事!我去街上发传单,回公司还要被骂!我也不做了!我以后什么都不做!"

那时我才愕然发现,社会上告诉我们年轻人的,一直是多做、不计较,但是那些高高在上的大人,根本就没有尽到自己照顾员工的本分,就算违反"劳动法",这也是"正常的"。

她每天晚上都比我晚走许多。她从来没有跟公司说过要加班费、要免费的晚餐、要任何的福利。因为这样她会变成"计较的、不懂规矩的年轻人",这就是社会告诉我的。

从大三开始,一直到2011年我申请北京大学的研究生,我对于自己在台湾的未来,感受一直没有变。我感觉自己站在一片漆黑的地方,什么都看不见,我知道要不停往前走,只能不停往前走,才有可能看见一点亮光。

但走啊走啊走,却始终没有看到远方的那盏灯亮起。

2012年3月,我考上北京大学,我明白没有任何人会帮我点亮那盏灯,要找到希望只能自己行动。在提出辞呈的那一天,公司的大老板把我叫进办公室,勉励了一番之后,最后那一句话却是——唉,你们这些年轻人啊……

我转过身,明白地告诉他,只要你继续这样对我们这些年轻人,你的孩子就会继续过着像我们这样的生活。

"然后,我还真没想到,现在的我会做销售。幸好我还没跟我妈说,不然她一定买机票飞过来帮我打包行李,把我拖去机场再拖回台湾。以上,我讲完啦,这就是我过去的人生。"我把橙汁一口气喝光。

噢,抱歉,我之所以花一大段篇幅来讲解我的过去,并非只是想让你们了解我过去的人生,更重要的是,当我跟沈姊讲完这一大串后,她问了我一个问题:"小郭啊,你跟你父母的关系是不是不太好?"

"没有啊,就是一般家庭啊。我爸因为工作关系从小就不挨家,也不管小孩,都是我妈管我们。到北京后我该打电话打电话,只是很多事情不跟他们说。这不是很正常吗?我又没得诺贝尔奖,难不成我要告诉她,我这一趟出差卖出了两件塑身衣,让她鼓励我?算了吧沈姊,她又不是那种能接受我做这份工作的开明父母。"

沈姊沉默了,她努了努嘴巴好像想说什么,但最后没说话,而是打开手机——这还真是不太寻常。

在我们一起出差的这几天,她一直叽叽喳喳讲个没完,虽然在经历那场争吵后我俩和解了,我们也成为寻常好同事的关系,但这也没有阻止我偶尔心底浮现出的恶意吐槽——比如,"大妈果真是大妈,话多,你老公不得被你烦死"。

好不容易,在回北京的动车上我抢得先机,在她跟我抱怨儿子不长进老公不回家吃饭之前,我抢先把我的故事说给她听。其实我原先没想过讲这么多,只是想跟她吐槽以前在台湾时老师家长乱揍小孩、老板又有多坏等等，没料到克制不住自己。我越讲越多，脑海里浮现出越来越多画面，讲成了一篇自传式小说。

我不知道沈姊到底听了多少，反正她没睡着，但听的过程出奇地安静。直到列车到达北京南站，我俩取行李下车，来到人来人往的车站大厅，她都没说话。我跟她道别，转身往地铁站走，她却拉住了我。

"小郭啊，找个机会跟你妈妈说吧，说你在做销售，刚卖出内衣，都说了。"

我看着她，我有点讶异她会这样说，但又不是太讶异。

"我也是个妈妈，也有小孩，我不指望我儿子考上多好的大学、以后多富贵，但就算他以后工作了、独立了，我都想知道他好不好。我知道你其实明白这道理，只是你在气头上。没事，消气之后想想吧。"沈姊拍了拍我。

我没说话，沈姊看着我几秒，见我不回答也就走了，我看着她走向出租车打车处，然后才转身走向地铁站。真是废话，我还以为她要说什么大道理……

四号线永远都很挤，我抓着扶手随着疾驰的车辆晃来晃去的，突然想起一些事。我妈又严肃要求又高，我俩个性不合,更别谈什么亲切的、电视剧式的母女谈心了,但是以前倒是也有过几次母女的温馨时刻。

那时刚跟承恩交往,某天约会回来,她坐在客厅看着我。"谈恋爱啦?"她问。

"你怎么知道?"我脱口而出后就后悔了,应该死不认账的,谁知道她接下来会不会问东问西。

"废话,怎么可能看不出来?"我妈翻了个白眼,把电视机的声音调小,示意我坐到沙发上。我则还在想,她是怎么知道的? 我很确定手机都保管得很好,更没有什么写愚蠢恋爱日记的习惯。

莫非真像小说里说的,谈恋爱的人眼睛里会有光芒? 难不成我妈眼睛里也曾有这种恋爱的光芒? 她耶,恋爱的光芒? 这也太不可思议了。

"对方是谁?"

"台大的,条件很好的那种,反正比我好啦。"我把玩着发尾,想快点结束对话。

"你条件也很好,怎么老是妄自菲薄!"我妈又挂起那张严肃的脸。我差点想说,这是谁害的啊!"什么科系的?"

"比我大一岁。我们又还没要结婚,你不要穷紧张啦。我又不会哪天突然大着肚子回来,跟你哭喊着说怀孕了怎么办。"

"别这么快下定论。你蠢蠢呆呆的,还真可能这样。"

我深深呼出一口气。"不跟你说了,回房间了。"

"你真是不懂父母。在父母眼中,孩子不管几岁都是孩子,奶奶以前也是这样对我啊。"

"才怪,奶奶比你慈祥多了。"

"那是在你面前,我那时常被她念不会带孩子。你记不记得你小时候睡觉前我都会在你身上绑一个软毛巾材质的围兜兜?就是你奶奶教我的,说这样你们半夜踢被子才不会感冒。那时她成天念我,这个不好那个不好,烦死了。"

"原来你也会觉得被父母念很烦啊。"我噗哧笑出来。我妈瞪了我一眼,但是她自己也在笑,嘴角翘得高高的。

从小就对我和颜悦色的奶奶也会念妈妈啊……这样严肃的妈妈,是不是也会希望知道我到北京后发生的所有事情呢?

唧——车子急刹车,我踉跄了一下,然后发现该下车了。

出差回家的隔天便是周六，我打算睡到自然醒，想不到上午九点就被李皓宇拍门的声音惊醒。

李皓宇，你干嘛啦！我和思凯打开门一起怒吼。

"我亲戚找我明天晚上去参加一个聚会，反正就是我亲戚和他那票认识很久的大叔阿姨们的聚会，都是生意人，年龄层都挺大的，我一个年轻人去多无聊。"李皓宇说完，喝了一大口水："所以我跟我亲戚说，我会带两个朋友一起去，就是你们俩。"

"我不要，这种台商的聚会我以前就去过了，倒霉的话很容易碰到那种一脸'我混得很好，你们这些小朋友该向我学习'的中年人。"思凯拒绝，我一听立刻表明，我也不想去这种应酬，无聊。

"有免费的晚餐，而且是高档的，还有各种鸡尾酒无限喝。"看见我们不为所动，李皓宇深吸一口气，从钱包掏出四百元，给我和思凯一人两百。"这个，给你们去买件洋装，够义气吧？"

烂爆了，两百元只能买一件优衣裤的裤子吧？结果最后我还是拿着两百元(再加上自己添的一百五)，去一家便宜的连锁服饰店买了洋装，思凯这个大小姐从不买廉价的快餐品牌，从衣橱找出一件几年前买的名牌连衣裙。为什么我俩屈服了呢？因为李皓宇答应,至少供应我们一个月的台湾啤酒。

到了周日傍晚,我们三个人依约到达一家五星酒店的餐厅,一进门我就后悔了,虽然我们三个都是里面最年轻的,但思凯还勉强能融入这种衣香鬓影的场景,我则感觉自己像是个不小心嫁入王府的婢女。此刻我格外庆幸,出席前思凯特别帮我把裙子检查一遍,把多余的线头剪掉。

李皓宇很快地找到自己的亲戚,那是个和善的台湾大叔,之前皓宇带过我和思凯去那家台资烤肉店,大叔给我们免费加菜加肉。李皓宇在他身边似乎找到了"庇荫","这是我亲戚啦,我带他来北京见世面",大叔跟其他人这样子介绍,我和思凯互看一眼,我知道我们彼此在想什么。

真好啊,轻描淡写地把"服务员"这个身份带过去了。

在场的那些人,很明显有一些是台商,时不时冒出几句闽南语,笔挺西装,熟练的应酬,另一些则是台商们的大陆生意伙伴——穿着同样的名牌西装,同款的中年肚腩。果真"两岸一家",我在内心暗笑。

"这是我朋友啦。"皓宇似乎怕我俩被冷落,把我们拉过去。"她是珉珉,北大毕业的喔,很厉害,高材生。思凯则是刚从上海到北京。"

"现在好多台湾小孩到大陆读书耶,我儿子是复旦毕业的,现在在深圳的金融业工作。"一个看起来50多岁的台湾女人拿出照片给我看:"我30岁左右到的上海,当时就把小学的儿子带过来了,很多人都说我干嘛让小孩子吃苦。现在这些人都称赞我,真是有远见,知道这里发展快。"

照片里那个正值壮年的台湾男人站在深圳摩天大楼前微笑,她为什么要给我看这个?我没去过深圳,也对她儿子没有任何兴趣。我摆着合乎规矩的微笑,内心止不住翻白眼。

聚会的道理是这样,只要有一个多话的人开口了,气氛就会开始热络。"你儿子是复旦的喔?我儿子交大的耶!不得不说大陆现在的互联网产业真厉害,他们学理工的毕业好吃香,比在台湾的科学园区都赚钱。"

"唉喔,不用说理工科,我一个亲戚的小孩学电影的,现在在考北京电影学院的研究生,现在这种文化娱乐的谁不往这里跑?"

"以前我读书那会儿还看台湾电视剧呢,对台湾印象可好了。台湾好啊,我们那时认为台妹都是林志

玲。"一位大陆大叔插嘴。"妹子你是北大的啊？前途无量、前途无量。"

"我亲戚的小孩大学毕业后也想来上海，还找我问就业情况呢。对了,你们两个是刚大学毕业吗？做什么的?"一堆中年人七嘴八舌完后,将目光放在我和思凯身上。

"我帮一个台湾老板做事。"我反射性地讲出这句话,而后在心底感到一丝讽刺。在台湾时我们常痛骂台湾企业是血汗工厂,没料到今天在这场合,"我帮台湾老板工作"倒成为挺好用的保护伞。

我以为话题会就此跳过,这些中年人的目光会顺势转移到思凯身上,没想到旁边一台湾阿姨突然大叫:"我好像看过你啊!"

我看着她,皱眉思索着,是了,是有点眼熟,似乎之前在章姊的办公室有一面之缘，显然对方也想起来了。"你是章子良内衣的销售吧？"

该死的。

这声音不大不小，但我知道周围所有人的视线投射到我脸上，就像一个小偷当场被逮住一样。"嗯，我帮章姊做事。"

"啊，到北京做内衣销售啊？你不是北京大学毕业的吗？"一个带着北方口音的阿姨困惑地问。

对，我是，但有人规定北大毕业一定要去深圳金融圈或上海摩天大厦顶层工作吗？你们到底是谁，可以理所当然地指手画脚我的生活？我想这样回，但是我没胆。"对，因为上一份工作有点不顺，所以章姊把我找去了。"

"现在行行出状元啊，而且章姊说她是很好的销售。"那个认出我的台湾阿姨似乎发现我的尴尬，在旁帮腔。

"台湾小朋友现在在北京真的什么都做，以前我们是来开店，现在小朋友是来打工，我上次去呼和浩特出差，也碰过两个台湾年轻人，跟着台湾老板工作，一个月也就七千人民币，还是不错学校的耶。"一个穿着西装的中年人这样说。

"确实啦,现在年轻人的现实情况和一些想法跟我们那时不太一样,但是北京上海机会都很多啊,以后可以换到更好的工作,不然拿个好学历太可惜了。不然我帮你介绍工作也可以,虽然做销售是也没什么不好啦。"

"北大毕业做这个太可惜了,来我办公室做秘书也行!"这个满脸通红的大陆大叔似乎喝多了,扯着嗓门说。

我跟你们才认识多久,你们就可以轻松地拿着红酒,一边摇晃杯子一边打量我的价值?还有,我手上拿着起司拼盘,你们这些人你一言我一语的时候,会不会喷口水到我的食物上?穿着华服西装的你们,有点礼貌好吗?

"不然的话,现在台湾人外派在北京的这么多,你就挑一个嘛。就算工作不好找,对象应该也不难找啊。"一个中年男人不知道是不是喝开了,像个熟人一样拍拍我的肩:"这里今天也有一些单身的,要不要看看?两个人比你一个人在异地打拼强多了。"

我以为这是个荒唐可笑的提议,没想到竟然激起大家的热情:"可以耶,我身边也有一些不错的单身男生,你是北部的还是南部的?找个老乡给你。"

"对啊，台湾人在北京的这么多。"

"找个北京小伙也不错啊。"扯着嗓门的大陆大叔说。

我的笑容快挂不住了："其实我并没有限定要找台湾的,这种事情随缘啦。"

"不管怎样,趁着今天这场合,赶快多认识人哪,很多人身边都有不错的资源喔,这是大好机会欸。"我身边的台湾腔阿姨说。

"大好机会? 所以这样做对我的人生真的有帮助吗? 我觉得我这样自己一个人也挺好的。可能我现在没有很好的工作,但也不代表就要赶快找个保护伞吧?"

我自认口齿伶俐,奈何还是在他们眼神中看到不以为然、不理解和一点"小孩子就是不懂事"的眼神,一个不知哪来的阿姨拍拍我："好啦,我知道你们年轻人都很有主见,但是中年人的劝告听一点也没什么不好,我们见过的比你们多太多了。"

"如果你们觉得珉珉的销售工作是一份'不太好'的工作,那我更惨。我刚跟我的台湾老公离婚,他把我带到上海,然后找了小三。现在我自己在北京找工作。"

出乎我意料的，先发难的不是我，而是一直在旁不作声的思凯。她说完这段话，场面安静了。

我突然发现，终于有时间可以好好享受一直端在手里的起士拼盘，于是赶紧将三块不同种类的起士一起塞入嘴里，再配一口红酒，"这起士真好吃"。我不自觉脱口而出，打破了这场寂静。

我周围的人勉强地笑笑，对啊很好吃吧，多吃点，然后又恢复了交谈。我好像听见周围的那些声音中出现了"这人是谁的朋友啊"的讨论声。我和思凯，是这群人中的异类，可能也是整个社会的异类。

我和思凯再过几年就 30 岁，都是研究生学历，一个在卖内衣，一个没有什么工作经验，在大陆人眼中我们这两个台湾人应该回台湾享受小确幸，在北京吃苦做什么？连眼前这些吹嘘着"以前自己在大陆多辛苦、吃过多少亏"的台湾同胞，都不太能理解我。

台湾人在大陆至于混这么差吗——这话似乎从这群人散发红酒和起士味的口腔中飘出来。

我们不断喊人各有志，但不符合"标准"的人，就算不被当成异类，也会收到好几个"你一定很不容易吧，要不要换工作/去嫁人"的关怀眼神。我突然想起以前在台北上班时，某一次跟朋友吃饭，一不小心超过了公司规定的午饭时间，踩着高跟鞋沿路奔回公司时看到一个目测十几岁的高中生，拿着一瓶喷漆，在路边的大楼铁门上喷了一个大大的"去你的"。

我匆忙跑过时，他正好完成最后一笔"的"，我不自觉停下脚步看着他，他看着我，我俩四目交接，在那一刻我们俩似乎短暂沟通了。都没说话，但好似都知道对方想说什么。

"你为什么这么愤怒？"

"有很多因素吧，多到我已经不知道原因，只想骂'去你的'。"

此刻的我又为何这么生气呢？因为眼前的成功生意人得知我工作时所露出的不解（甚至不屑）？因为连我都不敢光明正大地肯定自己？我是气他们，还是气自己更多？

"你们这些人，到底有什么了不起？不就是比我早生个几年吗？还有你们这些台商，我们都是台湾人，你凭什么在这里评论我？你们不就是好运，赶上那个年代台湾实力正好碾压大陆吗？"

当周围的人都转过头来，我才意识到发出声音的是我。

"你们知道为什么台湾之前会有'太阳花学运'

吗？不就是你们这些享受经济发展红利，却选出那么没用的政治人物的中年人搞出来的？你们享受经济高速发展，当了大老板或大主管之后，剥削台湾劳工、薪资不涨，让我们年轻人看不到希望，不得不自己出走寻找未来，现在就得了便宜还卖乖地指责我们？"

"你们总说自己以前多不容易、多刻苦，却不愿意给我们这些正在挣扎的年轻人一点鼓励，一副自以为了不起的嘴脸。幸好，你们现在只能缅怀过去，而我还有很长的未来。对，我现在是一无所有，但你们没有什么了不起的，更没有资格评判我的生活。"

我放下手中的空杯子和空盘子，踩着那双淘宝买来的5公分黑色高跟鞋，离开这个我根本不应该来的场合。我知道皓宇看着我，眼神有些歉疚，我知道很多人在窃窃私语。但是说完之后我突然好放松，走出酒店大门时甚至放松到眼泪和笑容一起糊在脸上。

我至少对他们说了"去你的"。想到这里我又笑了，用手臂抹去眼泪。该死的，这里是市中心啊，我的妆不会全花了吧？我拿出小镜子，审视一下自己。

其实，我现在看起来很不错，虽然一身廉价的洋装和高跟鞋，但走在路上外表仍跟光鲜亮丽的国贸白领没两样，只是现在的我连出租车都舍不得打。

以前金融海啸时看过一些社会新闻,在韩国有户人家的男主人失业了,每天装作若无其事地去上班,有时去公园呆坐着有时去网吧,某一天晚饭后他将全家杀死后自尽。同一时间台湾也陷入无薪假风暴,电视上的年轻男人受记者采访时哽咽不已,戴着口罩的他没掩盖住满脸的眼泪。

他就这样口齿不清地控诉"请他们把我的薪水给我,把我的钱还给我"。

那个画面深刻印在我心底,每每回想,我都无比感激我的父母是经济繁荣时期的"既得利益者",让我此刻在北京无后顾之忧,只要担心自己的就业问题就好。与此同时,我也觉得不安又茫然,我们没有经历过战火内乱,但我们面对的是另一场战争,大陆崛起的二十一世纪,我们台湾人找到其中的机遇,也比大陆同龄人更早体会经济萧瑟带来的虚无和愤怒。

所以我一边感谢我爸妈给我优渥的生活,但同时又无法全然谅解台湾上一代人——只要一被"上代人"批评,我就会反射性地想,你们这些时代下的"既得利益者"懂什么。

想到这里,尽管还没打上快车,我仍不自觉为自己的古怪心态翘起嘴角,然后一辆银色的大众在我面前停下,车上下来一个穿着休闲西装、看起来三十多岁的男子,喷着淡香水,是个浓眉大眼、身高也近180的好看男人。"嗨,我们刚才见过,记得吗?"

我点头,眼神与他错开,当然不会告诉他其实我早就注意到他了,一是因为他是在场的人中少数年轻的;二是他站在离我不近不远的地方,在我被阿姨大叔们围攻时一边跟身旁的人聊天,一边时不时地往我这里看上一眼。

三是当那些中年人提议给我介绍对象时,我内心闪过的念头是"如果对象是这个人,那倒也可以考虑"。没办法,谁让我是个看外表的肤浅年轻女人。

"你还没打上车吧?我送你回去。放心,我在北京没有车,这是专车,我没办法把你卖掉。"他手插口袋很轻松地表示。

我没多说什么,坐进车里后,跟师傅讲了小区名称。

车子静静地开,我本想戴上耳机,结果他递给我一瓶扭开瓶盖的矿泉水:"专车送的,刚才师傅看着我开,没下毒。"

我看了他一眼,接过,真是油嘴滑舌,但是也不那么让人讨厌。难怪在台湾已经经济不景气的今时今

日,台湾男生还是可以凭借温柔的台湾腔掳获大陆女生的心,没有办法,谁让跟我同龄的大陆女生从小中了台湾偶像剧的毒!

"你是第一次参加这种活动?"

"我以前读研究生的时候也有参加过一次,但那时是学生,没像这一次一样,同时被两岸人民瞧不起。"

"抱歉,你今天比较倒霉。其实北京有各种台湾圈子,各行各业、不同学校毕业,都会有各自的小圈子,这些圈子也都能互相帮忙。相比那些死命给你介绍对象的阿姨,我认识的另一个圈子的台湾女人,大多独自在这里坚强生活。有的女人,四十多岁都不嫁,在这里耕耘自己的天地,有的甚至还与在台湾的老公天各一方。台湾女人很厉害的,活到这么大都可以不嫁。"

"为什么不嫁就是很厉害,这不是正常?"我心情实在不好,知道自己语气很差。

"是正常,抱歉,我还是脱离不了传统观念束缚,我会反思。"他不以为忤地笑笑。

"没有啦,对不起,是我态度不好,谢谢你载我一程。"

就这样,我们有一搭没一搭地聊着。到了小区门口,他坚持跟我一起下车,"女孩子自己走进小区不安全",他说。来到住处楼下,他掏出手机,我们理所当然地加了微信好友。

"你第一次发现北京很美,是什么时候?"他突然问,莫名其妙的怪问题。

我说,是第一次在北京看到雪的时候。我穿着毛茸茸的室内拖鞋和浴袍冲下宿舍楼,跑到外头时还跌了一跤,但是雪落在头发和脸上,原来真的像是童话书里说的,雪是细碎的糖霜。

他笑了,然后跟我说,下次再见。

他的名字叫程维轩。

目送程维轩离开后,我走上楼,发现李皓宇站在门口。"我知道你有个好叔叔,知道你一来北京就有工作不必努力找,你有你的台湾圈子,圈子里很多人可能还是你叔叔介绍的人脉。但是我不属于你那种圈子,你这种人也不懂我"——我看着他,很想这样说。

我知道自己隐隐忌妒皓宇。他根本不是"孤身一人"的台湾北漂,在北京有亲戚,不用费心做履历,更不会交不起房租,还可以去亲戚在市区的漂亮房子过个周末。更可恶的是他明确知道自己喜欢服务业,就算女朋友反对还是这么坚持——当一个人个性善良,有你梦寐以求的一些条件,而你也知道自己真心喜欢他,你更容易为自己心底的那点恶意而懊恼。

皓宇就是这种人,善良无辜得跟小狗一样,没有恶意,直来直往,该死的。

"对不起!"李皓宇像个犯错的小狗一样。

"算了,晚安。"我拿钥匙开门。"思凯回家了吗?"

"刚回,她也不太想理我,把我赶出来了。"

"那你站在这里做什么?"

"对不起。"

"你可不可以别一直说对不起?你没有错,错的是我不该自卑,错的是那些不礼貌的人,错的是人们的自以为是。你有什么错?有点人脉,想有朋友陪你去聚会有什么错?"皓宇的对不起让我莫名火大。"皓宇,回去好好睡,晚安。"

"珉珉,她跟我分手了。"

我停下扭开门把的手:"你女朋友跟你分手了?"

"刚刚她传微信给我,然后,再也不接我的电话了。"皓宇看着我,又露出那无敌的可怜小狗表情。

她是他来北京的原因。那天晚上我帮他做了草莓啤酒,思凯静静坐在一旁,听着他啜泣和絮叨。

"在北京的台湾人有多少?"皓宇突然问。

不知道,台湾人在大陆的人数并没有确切数字,上海号称就有六七十万台湾人,有台干说在大陆的台湾人两百万,我保守估计,一百多万人在大陆。

"混得跟我一样失败的人有多少?"皓宇低声说道。

我突然意识到,原来"有亲戚罩着"的皓宇也会质疑自己。就算他喜欢当服务员,他也会质疑"我这样安于现状好吗""我是否真的不思进取"。他在聚会时可能也没办法抬头挺胸说"其实我就是喜欢做服务生,我没有想开店或什么远大抱负,我根本没想这么多"。

所以他才会说"帮亲戚做事"。

帮亲戚做事、帮一个台商做事，我们只是想在外人面前让自己好看一点。但外人终究是外人，夜深人静的时候，只有你清楚自己是怎么看自己的。

我想起尘封在心底的一段小故事。"皓宇，我给你讲个故事吧，这是我在北大读书时的事情。"

【第六章】

在北京混不下去，
随时可以回台湾？

如果不是为了安慰皓宇，我可能已经忘了他——那个我根本没问过名字，也已经忘记面容的中年台湾男人。

　　那时，我还是个对北京充满新鲜感的笨蛋。有一次，有个读金融、成天混迹"高阶台干圈"的台湾朋友跟我说，我有台湾朋友跟人合资开了家酒吧，就开在五道口，要不要去看看？

　　于是，那天我见识到什么叫台湾人的聚会。一群台湾人挤在充满炸鸡排香味的小酒吧里，彼此客套地自我介绍完后，一名中年男子笑嘻嘻地进来，我看见主办人的脸色一瞬间出现变化，随后笑着拍拍对方肩膀："怎么想到来参加聚会的？"

　　"人家跟我说的啊，都是朋友，不邀请不够意思。"中年人脸上的那种笑容很制式。

　　不久大家各自散开，跟相熟的人聚在一起，形成好几个小圈圈模式。我和朋友身在其中一个小圈圈,小圈圈中的人有外商主管,有小店长,有公关公司的小白领,还有我们俩穷学生。我止不住地想,台湾人在北京都看似亮丽啊,我以后也可以这样吗?

但是很快地,我的注意力被那个中年人吸引了。

那个中年人会到每个小圈圈插上几句话,或是装熟或是插科打诨,我总觉得那个样子太过"用力"。他到我们这个圈子,称赞了我和朋友多年轻有为,其他人在职场上多潇洒,最后拍拍每个人肩膀"有机会一起合作啊",大家的笑容都如此礼貌客套。

那人离开后,我们小圈圈里某个人压低声音,跟我和朋友说:"别理他,那人在圈子里风评不好,听说跟人借钱不还,或是四处让人帮忙介绍机会。就是那种混的惨又不敢回台湾的人,挺可悲的。"

喔。我点点头。后来那中年人问我手机号,我给了。

某天接近中午时我接到一通电话,对方说在北大附近,约我见面。我想了好久,才想起他是谁。

"这是你的地盘,带我吃点好料的呗?"中年人笑嘻嘻地,我立刻警觉地护住我的钱包,今天只带了两百元,还是我好几天的饭钱……幸好他接着道:"你们北大不是有食堂吗？"

"想吃食堂啊？行。"我带着他往校园走，结果被警卫拦住："外人只能走东门。"

"是这样的，我是她哥，临时必须跟她进学校取个东西，很快就出来，我是台湾人，不是什么恐怖分子，您就方便一下台湾同胞嘛……"这家伙还真把台胞证带身上，好说歹说说动对方了，进入学校以后得意地说："台湾身份在这儿挺好用的。"

吃饭时他滔滔不绝，讲着自己刚来大陆时这里多么多么落魄，那时台湾人如何如何教大陆员工、如何如何适应市场环境，他的女儿一出生他就来大陆，现在女儿上初中了，与爸爸聚少离多，对于北京一点概念也没有。

"我女儿没有兴趣听我讲大陆，台湾年轻人嘛，你懂的。而且我到大陆几年后就离婚了，那时我女儿还小，从小就没有爸爸，幸好我老婆很能干。你知道吗？每个台商背后都有一个能吃苦的台湾女人，现在台湾年轻女孩是不可能了。"他絮絮叨叨说着，有时会问我一些校园生活，但话题会立刻绕回他。他似乎迫不及待跟我讲他的经历，我一方面觉得有点烦，一方面又有点同情。

我感觉他很寂寞。他不在乎你认不认同，他只是想说。

圈子里的人应对他都是一张笑容面具，他心里会不知道吗！

他告诉我，他从前与友人开汽车零件厂，看过台商在东莞那股风光劲，后来生意失败，现在他帮些"朋友们"当顾问，"朋友们"会给他机会。朋友，这词语在北京的台湾圈子很缥缈，圈子说大不大，谁似乎都听过谁的名字，见面都是一声朋友，大家都说"我们都是台湾人，相互帮忙啊"。

但是眼前的他知不知道，许多"朋友"认为他是"不好的台湾人典范"？他知不知道在圈子里别人给自己的定义是"靠花言巧语骗老乡讨饭吃"的？

他不断告诉我：谁谁谁是他朋友，他也认识谁谁谁——他是"台流"吗？是不是"混不好"的人都这样？膨胀与吹嘘的背后只有自己明白。

"你生意失败时为什么不回台湾啊？"我问。

"碰到困难的时候唯一的念头是，不能就这样回去。不能就这样一无所有地回去。"

吃完饭，他坚持给我饭钱，塞给我一张十元人民币。"你是穷学生，也不容易啊。"不过就是一顿二十元的宿舍食堂……当然,这话我没有说出口。我现在回想,自己当时是否用那种有点同情的讨厌眼光注视着他?

就像如今一些人注视着身为内衣销售的我一样。

我说完这段故事时,我们三人都没有再说话。我们知道,尽管自己也把"混不下去就回台湾啊"挂嘴边,但这是条我们现阶段都不想选择的路。当初抱着像是壮士一样的心情离开,一旦回去,面对"你就是在大陆混不下去了吧"的眼神,安安分分地找份三万块新台币的工作,那得多不甘心?为何要出来这一遭呢?

啊,只剩一个多月。我突然想到。当初我们跟北京约定来个三个月的"试用期",如今已经过了大半了。"试用期"结束后,我真的回台湾吗?我如同应付生活般应付着现在的工作,我仍不知道自己未来到底想做什么,还能怎么做。

但是,真回吗?

我没有问思凯和皓宇的未来规划,但是我知道思凯也在犹疑着,她常看着窗外的那棵大树发呆。某次她突然跟我说:"北京的树和台湾的好像不太一样。"

"是吗?没看出来。"

"真的不一样。以后看不见了多可惜。"

是啊，看不见了多可惜。

近期我也越来越常端详北京的街景，连横冲直撞的惹人厌电动车都可爱起来。有时经过国贸，我会不自觉停下脚步，然后，被后方的人狠狠撞了一下。

北京真不是个讨喜的城市，但是为什么离开它的人，许多都有这么多的感触啊？为什么这么多人一边骂北京一边在这里呢？北京真有点什么吧，只是这个"什么"如果你不是身在其中，很难体悟到。

李皓宇失恋后情绪消沉，连带着我和思凯多少有些伤春悲秋，我们还是一起吃晚餐，只是吃饭气氛很寂静，思凯不再煮两菜一汤，而是煮一锅面大家将就着。没想到不到两天，我们就没有时间思考人生问题了。一个蓝天白云的周三上午，一位不速之客来到我和思凯乱七八糟的小窝，一大早我就被吵嘴声惊醒。

然后，摔门声响起，我抓着手机坐在床上发愣，刚才吵架的是思凯吗？一直娴静温婉、不太爱说话的思凯能发出那么凶恶的吼叫声？还没回过神，门砰地被推开了，一个化着大红色口红的女人走进来，皱眉打量着我："现在都九点了，你怎么也赖在床上划手机？"

我看着她眼角的鱼尾纹，再加上与思凯的争吵，大致推测出了女人的身份："你是思凯的表姊吗？"

我知道这是思凯的妈妈,当了快两个月内衣销售的我,已经学会怎么讨好这样年纪的女人。果然,她僵着的脸笑了:"我是思凯的妈妈啦,真会说话,吃早饭了吗? 我在你们这社区的门口买了馄饨。话说这种社区真不错啊,不像台湾,都是公寓大厦的,很少这种都是绿树的大社区。"

"阿姨这叫小区,台北地狭人稠,当然没有办法有这种设计,这种小区确实不错,晚上都可以去散步。"

在这位阿姨的催促下,我刷好牙,乖乖在客厅吃馄饨,看着她把客厅的杂物归类,然后去厨房拿抹布把桌椅都抹了一遍。我知道思凯到大陆后就与母亲闹僵了,她口中的母亲跟武则天一样(我则称我妈慈禧太后),但是"别人的妈妈"总是温柔年轻的。眼前的这位阿姨穿着酒红色紧身连衣裙,戴着珍珠耳环,拿着一只擦得发亮的黑色名牌皮包,妆容妥帖又不显得太浓,一看就是精明能干会赚钱的女强人,同时,也很能花钱。

也难怪,思凯一看就是个从小读明星小学、初中、高中、好大学的乖小孩,脾气温和寡言,但仍有点小姐气。比方说,她愿意和我跟皓宇一起组晚餐饭局的原因是她不吃外卖、更不吃路边摊,总是用有点惊讶的冷淡眼神看着我和皓宇吃路边烧烤。同时,她还不大买淘宝,穿的都是以前当太太时老公买的有质量的衣服。

她总是不厌其烦地帮我把衣服露出的线头全剪掉,一边叨叨"存点钱,买好一点的,不要总是买这种淘宝货"。她还是北京少数,总是对快递小哥轻声细语、一口一个"您好、麻烦您"的形象小姐。她怎么会骂人?还是骂自己的妈妈?

"阿姨,思凯呢?怎么把你一个人丢这里?"我问。

她脸色一沉,随即装作若无其事地摊手:"你们年轻人就这样啊,嫌父母唠叨,讲个几句就吵架。"

"那您接下来要自己去外面逛逛吗?"

"不知道啦,也可能打扫一下这里,我人生地不熟的,在路上连出租车都拦不了。"

"阿姨,现在不流行拦车了,要用滴滴啦,你没下载对吧?"

"我知道现在这里都是手机支付了啦!什么微信支付宝的,都比台湾还先进了,新闻上都有说,我是生意人耶,都知道啦,但是不会用啊。"

然后我帮她下载了打车软件,随即发现她没有开通微信支付,弄了老半天我放弃了。"阿姨,反正今天公司没事,我下午要去开个会而已,那我上午陪你去外面走走吧？"

阿姨答应了，我带着她去搭地铁，就算是离峰时间北京地铁一号线仍然有不少人，"台湾媒体都说北京很先进，怎么捷运感觉旧旧的？"她问。我回答，阿姨，北京叫地铁不叫捷运喔，这是当然的，一号线很老了，有些线是新的，很干净呢。

地铁刹车的时候，我跟跄了一下，她眼明手快地把我扶住，"人又多又挤，还臭臭的，真不知道你们为什么待北京。"她碎念着，像是说给自己听。我没搭话，只是盯着荧幕上显示的"下一站：大望路"。

她跟我家慈禧太后太像了。我可以想象我妈会露出同样不解的眼神看着我，这就是北京啊，北京好吗？你确定不回台北？她会在我跟跄的时候扶住我，然后

碎念:"连在地铁上都能差点跌倒?你这样怎么照顾自己?"甚至如果我露出一点不耐烦的神色,她还是会无休止攻击你,似乎不跟你吵不罢休——哎哟,这就生气了?我是你妈!

我带她去走了我平时的散步路线:从东单站出来,沿着长安街走去王府井,旁边是东方新天地,路又平又宽又直,很有北京城的气度。走着走着,她又问了一次:"真是的,大陆有什么好,干嘛不回台湾?是薪资比较高吗?"

"许多人确实拿着不错的薪水,但我过得很困苦。"

"那待着干嘛?"

"阿姨,我也常问自己这个问题呢,有句话叫'有钱去哪里都好,没钱回台湾最好',真不知为什么待着。不过阿姨,您知道思凯为什么不回台湾吗?"

被我这样问,她似乎有些困窘,犹豫了好一会儿才摇头。

"阿姨,我跟思凯并不算多热络的朋友,但是我把她告诉我的一些事情,也告诉您吧。"

思凯说过,只能依赖男人一开始会觉得顺心遂意,男人一开始都很好的,"我的就是你的,你可以安心花用"，于是她过了一阵子的逍遥日子。她有一个大学同学刚到上海工作，她带同学到自己家。

"就在陆家嘴这里啊，真好，多少平米？每个月要一万吧？"同学劈头就问，她干笑，快六十坪米吧，也不大，不到一万啦，应该八千多。

一毕业，以前的小文青都成为打听别人家私事的大妈：猜测你赚多少钱，从装潢推算你老公的等级，夸张地赞叹"你过得不错啊"。同学说，真好啊，我现在还在跟人合租呢，不像你找了好老公。"嫁得好比像我们这种上班族，还在不上不下混日子的好。"同学说，但思凯感到尴尬。

老公回来后，她体贴得像日剧的家庭主妇一样脱去老公外套。吃饭闲聊时老公说，某大学同学开了家珍珠奶茶店，我们要不要试试？思凯随口回，不好吧，做生意可能有风险。

"你又不知道我在外面多辛苦。"他说。

思凯愣住，她老公随后发现自己过分了，又补了句"当然我知道你也很辛苦，这个意大利面真好吃"。

家庭主妇，不是份"工作"。同为台干太太的洁宝劝过她从去咖啡店打工开始，至少做点事，她跟老公说时老公不以为然，在他眼里家庭主妇不是"正职工作"，咖啡店打工可能也不是。

老公变前夫后，思凯到北京面试。我只知道她面试过三次，第一次人家嫌她根本不懂大陆市场，连微博都不会用，于是思凯回来后苦心钻研新媒体，还开了自己的公众号。

第二家公司是一家留学公司，她就跟许多刚到北京的台湾人一样，以为台湾人在"外资企业"就有优势，结果输给了一个刚从美国拿了硕士回国的九零后。面试官最后很坦然地告诉她，你们实力可能相当，我有几个台湾朋友，平时挺喜欢你们台湾人的，挺谦和、挺有礼貌，但是我们倾向用更年轻的人。

第三家公司是一家大陆公关公司，三个面试官对她一个，其中一个面试官问，你之前工作经验很少啊？她老实回答，因为我结婚了，现在离婚了，但是我一直努力学习，也很坚强地渡过难关，我相信我是个能承受压力的人。思凯认为，这样诚实地剖析自己能给面试官耳目一新的印象。

三人交头接耳了一阵子，思凯还是没有接到录取电话。

阿姨，您知道思凯既然找工作这么受挫，为什么还没有回台湾吗？

因为思凯一直在学习啊，她看到了很多以前在台湾没有看见的机会，比如她的公众号可以开通赞赏了，尽管她收到的最大一笔打赏也不过二十块钱；比如她的文章投稿给一个情感号自媒体，被转载了，还可以有几百元的稿费。

比如每天朋友圈都有那么一些人在野心勃勃地谈论国际政治或国家未来前景，似乎这个地方的未来还很精彩；比如我那个在国际广告公司工作的学长曾告诉我，到了对岸才会知道原来预算可以这么庞大，原来全球的人才都进来这里了，原来你看见的愿景可以这么大。

我们现在活得很失败，但是以后，以后是不是就会轮到我过上想要的那种生活了？阿姨，您知道吗，这就是北京的恐怖魅力，它可以让你同时感受到纸醉金迷与生活窘迫，它可以不断不断用"你可能会有这样的未来"来拉住你。

"还有，阿姨，我想思凯不回去，也是想证明自己，希望得到您的肯定，因为您跟我妈一样是那种传统父母。从小到大，我没有得到过几次肯定，我从来都认为我不行做这个、我不会成功。我如果回台湾，可能面对很多人'看吧，你果然不行'的那种眼神，我想到那个场景就受不了。我想思凯也是。"

思凯的母亲似乎小声嘟哝了什么,我没听清,也懒得问。为什么我可以对思凯的母亲说出这番话,却无法对我妈坦白呢?我妈是不是也想听听我的看法?我盯着前面的一对西方母子,想起沈姊跟我说的,"把一切都告诉父母吧"。

但是我说了之后,她会是释然、理解,还是更担心、更焦虑?

"欸欸欸。"思凯的母亲突然用手肘撞了撞我:"刚才走过来的那两个人好像也是台湾人耶?"

"嗯,好像是台湾腔没错。"我应付着。

"北京也有这么多台湾人啊,我以为只有上海是这样。"

"很多的。我感觉还一年比一年多。"

"这些人的父母也很担心吧。"思凯的母亲似乎若有似无地叹了一口气。

我抬眼看了一下她,发现她真的在皱眉,我妈想起我的时候也常露出这样的表情吗?

思凯的母亲几天后离开了,思凯送她去机场,我站在门口看着思凯扛着行李箱,她的母亲在一旁持续叨叨"我自己会拿,不用你帮我拿"。那时我似乎第一次看明白什么是家人。

手忙脚乱、咋咋呼呼，就是家人。

名叫程维轩的那位台干大哥约我到国贸一家能看到夜景的酒吧。那天我下班，提着装有两件内衣和四条内裤的超市购物袋去见他，他如寻常台湾男人一样顺手接过那个购物袋。

程维轩感叹，在大陆久了，回看台湾，总觉得电视上的那些新闻太过"小心眼"。"台湾经济停滞了二十年，整个媒体圈也进入了越来越封闭、小格局的世界。我的大陆同事出差去台湾常傻眼，小猫小狗或凶杀案，汽车撞机车或公交车撞砂石车，似乎其他事情都离台湾很遥远。偶尔有美国在做什么、日本流行什么、韩国明星如何和对岸经济如何，但那就是偶尔，一天二十四小时这些国际新闻也就占半小时。"

"当经济越来越没有复苏希望，新闻业越来越没钱，媒体能派的驻外记者自然越来越少，加上许多人长期认为'反正这些国际大事跟台湾又没关系'。大家想扩充视野，但是对于国际局势又有些无奈消极。这里面有许多因素，不能全怪媒体。大陆自媒体公众号大 V 接一个广告几十万人民币，市场就不是台湾能比的。"我拿起酒杯,一饮而尽。反正不是我付钱,索性又点了一杯。

"刚来大陆那会儿,我的大陆同学常带我去盗版小书摊买盗版书,那时我们常笑大陆没有版权观念,不到几年,大陆人已经会为一篇公众号上的文章付费,台湾朋友还在问我:'为什么要付费,不看免钱的?'"

程维轩看着我,脸上挂着那种成熟男人自以为的"我明白你"的笑容,是不是每个精英白领都要练习这种世故的笑容?"先生,我不是你办公室里的小女同事,你不用以这种办公室的笑容面对我。"

他正色:"对不起,我不是这个意思。我只是觉得你很适合去媒体工作。"

"我26岁了,我不是新闻专业,没有写过一篇新闻报道,连实习经验都没有,哪一家媒体会用我?我倒是在学生时代投稿好几次给台湾媒体,写什么'台湾人看大陆',比如地铁挤、大陆学生很拼之类的肤浅话。"

"到大陆后,你跟留在台湾发展的朋友们相处得都还很好吗?会感觉有隔阂吗?"他问。

"还行吧,只是有时候……说话多少会小心一些。"

"什么意思？"

"比如，我在大陆碰到的台湾人十有八九都会抱怨台湾经济差、薪水低、再这样下去未来堪忧等等，但是当我问他们，你们回台湾时敢对台湾朋友说这些话吗？他们都摇头。大家回台湾后，就只会说'台湾食物真好吃''还是台湾好啊'，然后，再回北京上海赚人民币。"

他苦笑："我明白你说的，因为我也是这种人。你觉得我们很虚伪？"

"不是，因为我也会这样。我们只是保护自己，太害怕被自己的同胞说成一个背弃台湾的人。我们只是想告诉台湾朋友，我们仍是台湾的一份子，我们没有'卖台'。"

"我发现，"他身子倾斜，稍微靠过来，"你是个挺有自信的女孩子，真的很适合去搞写作或媒体。而且你很不台湾，我碰见你这个年纪的台湾女孩子，多数客客气气、讲话也不锐利。我碰到的那些女孩口头禅都是'我不太清楚耶''可能吧'，好像台湾人比较温和、更不敢尖锐，怕被人家说不礼貌"。

我翻了个白眼："跟地域无关，跟个人经验有关啦。我室友就是这种温柔的台湾小姐，因为她以前是台干太太。而我呢，以前读书的时候，如果没有强烈的个人观点，就会被大陆同学比下去。但可能也因为这样，我对北京有比较深的情感，毕竟这里让我改变了不少。"

"那你交过大陆男朋友吗？"

他一派轻松地问出这个问题，我一瞬间没想好要怎么回答，是要说"我们第一次约会，谈论这个不合适"，还是要骂"关你屁事，我跟你很熟吗"？

"有交过一个，不过人生规划不合，分了。"最终我选择平心静气地回答，我想，还是留个机会给眼前这个男人吧。现实点说，条件还是不错的。

"为什么分了？"

那是我刚上研究生二年级不久的事情。对方是个清华大学的博士生，我俩是在一场校际联谊认识的，我们约会几次，在我的宿舍楼下拥抱分别，我们谈论新闻时事、三观契合，似乎一切都那么顺利。但是，当他跟我说，希望毕业后多久结婚、多久可以生孩子，他妈妈已经在南三环给他买好房子了，生了孩子妈妈可以帮忙带……那一瞬间，我后退了。

我没有办法现在去面对孩子尿布奶粉钱，我没有办法现在去照顾另一个家庭！我简直是大吼着说完这两句话。

"那你呢？你交过大陆女友？"我问。

他说，嗯，都已论及婚嫁。我们分的原因是因为她一定要我在北京买房买车，如同寻常人一般。"我跟她说，谢谢，我们台湾人不玩结婚就必须买房买车的那一套游戏，特别是我还在北京，房价不合理的北京。我爸妈纵使能负担，我也不会要。"

"然后她说，我没有责任感。"他笑笑："其实我不怪她，毕竟她爸妈就是这样要求的。相较之下台湾人是不是轻松简单太多？大陆年轻人与父母的代沟实在太大，台湾父母相比还是很开明的。"

我们彼此一笑，而后再度陷入沉默。身后那一桌的男女耳鬓厮磨，斜对面那一桌的女人脱下高跟鞋，用白皙的脚丫子磨着男人的大腿内侧。我想起研二时就考上公务员，一毕业立即与男友结婚然后买房的室友，她甚至规划好了三年内要生第一胎。

那时，我问了1991年的她，你年纪轻轻，这么快就想生孩子呀？她说，不小了，家里也会催，这算是一种责任吧。

责任，责任。高中那会儿，是不允许谈恋爱；22岁过后，立刻又被家人要求——去与这个男人相亲、跟他发生关系、跟他生小孩。这样的人生，没有一丝浪漫、闲暇、轻松的空间。

真是我们台湾小孩太爱自己、太不为父母想了吗？我父母对大我五岁、完全没兴趣走入婚姻的姊姊，只能小心翼翼地试探"有没有对象"，却从不敢催促。

台湾的父母何尝没有这种愿望呢？他们何尝不想孩子大学毕业后买间房结婚生子、含饴弄孙？我的爸妈不想吗？或许也想吧，只是一这样说，孩子们的抱怨就来了：现在台湾经济这么差，怎么生？房价贵、物价贵、薪资十多年都不动，我们这代怎么养家？

我看着窗外的北京城，这里的人太多欲望，买车钱、买房钱，比较找对象时的物质条件。有车了还要换好车，有房了得再换学区房，人们都在讨论挣钱，努力挣钱。我常在想，是不是因为这样北京经济才会如此蓬勃？怎像台北青年，大家发了工资就去东区吃一顿高档牛排店，想着半年后去日本赏樱就能心满意足。

这是观念进步，还是经济停顿下的小确幸后遗症？

"在想什么？"一杯装着冰块的水突然贴在我的脸颊上，我吓一跳，看见弯着嘴角的他。"喝点冰水，醒醒酒。"

不知道是不是他离我太近的关系，还是工作之后

成天庸庸碌碌，太久没有被男人体贴过了，我仓促地跳起来，抓过冰水，咕噜噜地喝了两大口。"现在比较晚了，我得走了。"

"我送你回去？"

"不必了，我自己走吧，谢谢你的酒。"高跟鞋鞋跟一歪，我跟跄了一下，赶快装作没事地挥挥手。"再见，下次约。"

"欸，你看看这景象，哪有经济不景气的样子啊？"承恩拉着我站在台北东区的天桥上："这一家吃起来要破千，那一家又新开一家精品海鲜自助，哪里都是人潮，再贵的餐厅也要排队，有时感觉经济不景气真是假的。"

"又买不起房,自己吃好喝好啰。"

"你有想过毕业后要做什么吗?"

"我妈希望我先别找工作,好好读一两年书,考个公务员。她觉得反正毕业薪水又不会多好,考公务员算是最好的出路了。"

"但是你不想考吧?"

"当然不想,我又不是我姊,成天就擅长应付各种考试。"

"那你想做什么?"他看着我。

我不知道啦!我赌气转头,他笑着抱抱我,好啦,不知道不要紧,慢慢找,总有一天会知道的。

呼啸而过的汽车声让我吓了一跳,下意识往旁边一躲,差点又摔着。高跟鞋踩到路边的一摊脏水,溅上了不明的水渍。

唉,运气真背。我喝着刚在路边小超市买的啤酒,不自觉停下脚步,看着步履匆匆的人从我身边一个个擦肩而过,只有我站在原地,动弹不得。

我到底能做什么?我到底想做什么呢?

我想继续做内衣销售吗?这份工作我已经能应付,也有在进步,章姊刚称赞过我,说可以调涨基本薪,我也喜欢卖出产品后的成就感。但我还是不知道,一年后、两年后，当我面对台湾亲朋好友，是不是敢大声说"我是内衣销售，我昨天卖出好多件塑身衣"。

我不知道当别人又以"你有这么好学历，来美容院做内衣销售，多浪费呀"来质疑我时，我会不会仍满脸通红、支支吾吾。

会不会我卖着内衣，几年后，就回台湾，乖乖去考个公务员？然后我妈，就会带着可惜的表情，跟亲戚朋友说，"我这女儿就是这样，当初让她考公务员，她不听，结果呢"……不行不行不行！我努力把这段画面甩出脑海。

一阵尖锐的痛楚突然席卷，手中的啤酒瓶哐啷落到地上，顾不得污染环境，我蹲在路边抱住肚子。痛！好痛！很荒唐地，下意识想到——流产？不对啊，自己没对象。

唉，还能开玩笑，应该不严重。我掏出手机，像是老太太一样弯着腰站在路边，正想找附近有没有药店，突然，就像偶像剧一样的，我看到了程维轩。他朝我走来，一脸担忧。

"你跟踪我啊？"我因为疼痛咬着牙，但还是多话地问了。

"我那时正好看见你在路边买啤酒，就跟着你了，怕你喝醉。"

"我初中时看过无数偶像剧,大学时写过两本言情小说,有一天这种浪漫情节还真被自己碰上了。"我嘴角扭出一个勉强笑容。"这附近有药店吗?"

"什么药店?去医院啦!有带台胞证吧?"

"有,只是去医院花钱。"

"我叫车带你去附近医院。"他自顾自地叫了车,把我扶上车,自己也钻进车里,然后把外套脱下来,披在我身上。

到了医院,我已经疼得动弹不得,他扶着我挂号、缴费、一楼二楼地走,然后坐在一旁陪着在输液的我。他皱着眉头回信息,似乎在工作,我看着他,莫名地好想哭。

那时在北大,有一回得肠胃炎,室友也是这样陪着我上上下下跑。出社会后,搬家是一个人,生病是一个人,碰到伤心事也不想打给家人,怕他们多想,只能自己去酒吧喝酒。我知道好多好多人都是这样过的,成年人都该这样过的,我快三十了,成年人在北京都是这样过的。

怕孤单一个人来什么北京啊!

"谢谢你帮我付了,多少钱?我转给你。"我抽抽鼻子,强迫自己冷静。

"不用了,同胞该相互照顾的。"他轻轻地,把我的脑袋按到他肩膀上,"靠一下,舒服一点"。

我靠着,眼泪一下子流下来。"就是冰的饮料喝太快,胃痛,不是大事,别哭啊。都几岁了,还因为胃痛哭。一下就好了,乖。"他揉着我的头发,很温柔,然后我哭得更凶了。

"以后都不会好了啦!"我哽咽着大声说。

他放下手机,看着我。

"以后不会好了,我真的有努力过,人家说人生都是起起伏伏,但我什么时候才能见到自己的'起'?我也很想要让我妈骄傲一次。我想让她说,我真没想到我女儿可以这么厉害啊。我真的不想要现在就回台湾,我一回去台北就很难再出来了。我好怕自己一辈子都活在'反正你的未来也就是这样'的想象里。我真的不甘心,我真的真的好不甘心。"

"但是,我不知道我下一步该怎么办,我的未来在哪里。你说,为什么别人都可以做好一个普通小白领,就我做不好呢?你说,我如果内衣不卖了,下一份工作要做什么?去酒吧工作?"

这一刻我知道了,我只是想有一个人抱抱我,跟我说不要担心、我做得很好了、我努力了。我从小到大就没有自信，习惯于被家人和同事否定，如果被人称赞，我冒出头的第一个想法一直都是"我真的好吗？你在说表面话吧？"

北大毕业后曾有点自信，相信凭着好学历拿到的好工作可以让我比在台湾时顺遂，但随即这份自信也化成泡影了，我又变回了那个怯懦的小女孩。真是失败，26 岁的人了还活成这样。

他听着我叨叨喃喃，然后告诉我一切会好的，你不要担心。说了一遍又一遍。

我知道口头安慰没有用，但在那个时候，我知道我在北京不是一个人了，而这样的感觉比什么都有用。

第七章

我终于成为一个『正常的台湾人』

2020 年 1 月，北京很冷，我坐在办公室里百无聊赖地浏览新闻，突然想起从前在老旧宿舍的那段时间的经历。从 2015 年到现在，短短三四年光阴，台湾媒体上对于大陆的报道角度越来越多，也越来越多人关注大陆政治、经济、影剧明星、社会热点……

　　就在几天前，一家台湾媒体报了一则新闻，"有台湾人在论坛发言，感慨自己在上海的大陆朋友跟他抱怨，跑到大陆的台湾人怎么越来越多了"，并且表示"该台湾人在论坛表示，现在在上海的餐饮店看到越来越多台湾员工，不是开店的，是一般员工。这情景以前很难想象"。

　　看到那则新闻时真想大笑，都说在大陆的台湾人大概两百万，等于台湾近十分之一的人口，然而，"早就在发生"的事情直到几年后台湾媒体才会争先恐后的报道。2015 年时就存在的现象，为什么到了 2020

年还觉得惊讶呢？

在大陆的台湾人和在台湾的台湾人，某些认知是在两个不同世界。皓宇曾告诉我："我在烤肉店工作，你在卖内衣，这些在其他台湾人眼里看起来是多么不可思议，但是再过几年，台湾人就不会觉得怪了。'台湾人=在大陆的白领精英'不过是历史留下的一个刻板印象。"

"这其实也没什么，什么叫高阶白领，什么又是低阶白领，说这些又有什么意思呢？找到适合自己的活法最重要。"

而那时，我是这样反问的：李皓宇，这些话，你有跟你的台湾朋友说过吗？还是他们仍以为你是在北京的烧烤店"当店长"？他苦笑，没说话。

但是，几年前的郭珉珉，又何曾敢坦然告诉台湾朋友，自己就是个在北京卖内衣的？

我的卖内衣生涯进入第三个月，我已经大致能知道哪些人会去美容院——基本从 15 岁到 65 岁的女人都会去。大学生、小白领、家庭主妇、小有资本的太太、想嘴碎的大婶……我看见的多数美容院销售可以很好地应付所有类型的客人，但也就是应付，很难去讨每种类型客人的喜欢。

而我，是特定类型的客户会喜欢的。所以到了第三个月，碰到特定类型的客户，美容师会喊我去接待。

我在美容院工作一个多月后就发现了，我很难像所有销售那样，端起那太过殷勤的微笑，我更难信誓旦旦地介绍"这个内衣有加负离子"，拜托，我哪知道有没有加，我也不知道负离子是什么。所以我宁愿跟客人讲我懂的部分——好穿，穿久不会累，厚垫会让胸闷着不舒服，这款虽然没有加厚垫却很集中……我话很少，会帮客人简单介绍后替他们穿好，然后就不多话了。

不同于美容院其他妹子"哇，你穿起来很好看耶"的夸张称赞，我挺沉默，有时客人站在大镜子前犹豫不前，我会跟她们说"您先考虑，我先不打扰您了"，然后开始清扫包间。这其实不是我的工作，但我想与其滔滔不绝地烦客人，不如把毛巾叠整齐、把美容床的垫子铺好、把客人的冷茶换成热茶，有位客人在我把热茶和一包小饼干端到她手上时买了。

我就是这样塑造出自己的型，美容师称呼我"那个话比较少、感觉挺气质的销售"，有些客人，或许是企业的管理层，或许是小有家底的太太，她们绝不是那种成天没事砸钱的土气大婶，或是以为自己有钱了不起大呼小叫的暴发户。她们通常衣着简单，纯色上衣、裤装、大衣，走路快，隐约有种睥睨众生之感，但是如果你跟她们说话，她们也会亲切回话，也会聊天，但总给人感觉说话里只有三分是真实的情绪。

闲聊时，她们有时会露出那种似笑非笑的笑容，然后三分热络七分随意地说——不好意思，脸上刚保养了一下，是不是笑起来有点僵？没办法啊，到了这个年纪了。

一般的二十岁小美容师会端起十二分的笑容，哪有啊，您看着只比我大个那么一点点，就像个姐姐，您保养得真好！而我，则会翘起嘴角，您看着确实显年轻，但我感觉您在自己的领域也是很尽力、很有一番作为的，这个更不简单。（说这种话的时候，记得嘴角只要微微翘起就好，说话要淡淡的，跟那些女人相处，她们深藏不露，你也不能过分热情）

结果，这种客人竟然普遍挺喜欢我的。所以，在美容师们的口耳相传之下，碰到"这种客人"有买内衣或塑身衣的需求，她们会找我进去包间。而我已经不是当初那个菜鸟了，虽然偶尔还是会量错腰围，但是我现在已经不需要方玲或任何人在旁给我拿主意。我感觉到自己在成长,这让我有点成就感——虽然,我能拿到的销售分红,也就是那么小几百。

这天我跟章姊一起服务客户,在一间颇豪华的养生会馆里,我知道章姊也服务客人,只是都服务那些比较不同的——电视台主持人,一些模特小演员,或是台资公司某位"总"的太太。今天这位,就是台资公司的"李太太",章姊跟她是旧相识,我一边听着李太太批台湾政治,一边帮她把塑身衣从下到上一一扣好。塑身衣是比较麻烦的,你得让客人看起来腰围细了一些,又不能勒痛客人。

"其实那时服贸协议被抵制成这样,我们都挺无奈的,台湾服务业优势明显,但台湾市场就是这么小。其实对于许多台商来说,十多年前外移大陆不是只有人力成本考量,重点是,当时不到大陆拼一下,基本就活不下去了。这是十三亿人的市场,台湾如果害怕竞争、动辄就说'会被吃掉',那最后就是逐渐失去竞争力。"

"我们台商自己都常说,活得太不容易了,能走到现在太不容易了。但如果你问他们,后悔吗?都说不后悔,就连我那些曾赔光的朋友,都说不后悔。因为跌倒了可以东山再起,有过一次失败经验,下次就可能成功。你看一下大陆那些创业的年轻人,创业失败了去工作,工作几年后又创业。怕的不是跌,怕的是一蹶不振。"

怕的不是跌,怕的是一蹶不振。台商太太的这句话,我的手停了一下,内心似乎有什么被打中了。随即又告诉自己,这些台商嘛,讲起这种话,谁不是一套一套?

"你也算年轻小朋友吧?你怎么看台湾这些现象的?"这位太太可能是无聊,把注意力放到我身上。

"挺搞笑的吧。"我帮她把塑身衣调好,随口应付。

"什么意思?"

"当然好笑,ECFA是卖台、服贸协议是卖台、台湾当局申请亚投行也是卖台,但这些许多时候牵扯的不只是政治,而是台湾的经济,结果专业人士的意见没人听,民粹的声音凌驾专业,一些台湾年轻一代痛恨当

局、痛恨对岸、痛恨企业、痛恨低薪，但是越民粹越不理专业，他们最痛恨的低薪就会永远维持下去。"

"这些年的台湾社会，有些人一边赚人民币一边告诉年轻人'抵制对岸'，结果是政商高层都在联手赚人民币、在酒桌上互相称兄道弟，而底下那些相信他们的傻气人民呢？领着好几年不变的工资，认为自己相信的政治人物会帮他们保护台湾。"

讲完这一长串我才发现自己话太多了，不好意思地笑笑："你是不是在想，这个销售懂什么？其实我也不是多懂政治，只是这几年在大陆看到过一些现象，一时有感而发，别介意。好了，你看看这套，穿上去的感觉如何？"

"你这个人，真不该出现在这里。"她打量着镜中的自己，说的看似随意。"别误会，我不是说你是个差劲的销售，事实上你气质不错，在你们这行来说算是挺特别，我也明白为什么章姊会用你。只是，你刚才在讲台湾的现象时，我感觉到你对这种新闻很有兴趣，也能讲得不错。考不考虑去做媒体？"

媒体？我想到程维轩也这样说过。"李太太，你想多了啦。我之前的经验跟媒体没有任何关系，我 26 了，没学过新闻，我连去媒体实习过的经验都没有，哪家媒体会要我啊？"

"资历可以培养的，不重要。不过你帮你章姊工作也不错，我们台湾圈子人脉多，也比较愿意用自己人。多练练，以后到我公司。"她笑着拍拍我。

送走客人后，很意外地，章姊跟我说可以加薪。"我看你挺沉稳的，工作也算上手了，我这里毕竟是台资企业，除了我和我女儿之外，我也想再多一个帮手，除了销售之外以后还可以帮公司更多。我们也比较想用台湾的。"

台湾人得帮自己人。这是台湾圈子内不少人的口头禅。

晚上李皓宇约我去他工作的店里吃饭，我在走去烤肉店的路上不断想着这些话，以前我是很直觉性地不喜欢这些话——曾经有一位毕业后去了台湾企业，后来跳槽的台湾姊姊冷笑着跟我说，你知道为什么很多台资老说自己爱用台湾人吗？因为不要求加班费、不要求加薪，比大陆青年还逆来顺受。

许多台湾小年轻什么都不敢要，就怕"不礼貌"。

但是，认识章姊后，我开始对台商有了更柔软的认知，他们或许认为台湾这代年轻人"很可怜、不容易"，或许带得同情与无奈看我们这一代人，但当他们说

"帮自己人"时有一部分是真心的。章姊帮了我,或许她认为我是廉价劳工、不用白不用,但我还是很感激。她要给我加薪,是不是代表她肯定我了? 是不是代表,我可以在这条路继续走下去?

问题在于,我想走下去吗?

直到进了烤肉店,我都没想通这个问题。直到隔壁桌的烤肉架上传来滋滋的声音,我才意识到饿了。算了,别想了,先解决温饱问题吧。

我坐在店里不用十分钟,就发现李皓宇当之无愧是服务业的料,他绝对可以排上北京优秀服务员前三名,弯腰、笑得一口大白牙,不管客人态度如何都是很温柔地——"好的,请您稍等一下喔"。

"那个服务员一口台湾腔,怎么回事啊?"我听到隔壁说在议论。

"学的吧,总有些年轻人爱装港台腔。"

我想起以前曾写过的一篇文章——大陆男人 VS 台湾男人。北方人常说,台湾女人讲话好听、男人很娘,而在大陆城市生活久一些的女人则普遍认为,台湾男人好看又礼貌,但相对大陆男人而言不够有担当。北京这儿的男人为女人承担账单,认为买房讨老婆是应当,这在与我同龄的二十多岁台湾男人看来简直不可思议。

但在北京的台湾男人,普遍都入境随俗,他们想赚更多钱、想给女人好的生活、结账时也爽快,李皓宇纵使亲戚给的薪资不高,也会毫不犹豫地为前女友买下几千人民币的项链。我们这些在这里的台湾女人偶尔私下感叹,"真该把台湾男人送到北京上海来锻炼一下"。

"哈啰,皓宇的朋友。"突然有人坐在我对面的位置上,是与我有过数面之缘的皓宇的台湾亲戚。

"叔叔好。"我客气地点头。

"你还在内衣店?"

"嗯。"

我们陷入短暂的沉默,正当我点开微信准备回信息的时候,这位年过五十的台商大叔突然开口:"你和皓宇,你们这代不容易。很多人一喝酒就吼服务员,我每次看到皓宇被客人为难了还笑嘻嘻地,心里也会有点酸。"

我看着他,他手上戴着很简单的黑色腕表,头发、衣着都打理得不错。"叔叔,恕我问个问题,您房子买在双井还是建国门?"

他愣了一下："买在富力城,零四年买的吧。"

"您那代是有机会房子买在双井富力城,而我们这代就算努力做个餐饮店小老板,也只能租得起富力城周边。这就是时代变化。所以,不必替皓宇辛酸。台湾人到北京上海,如今就跟东北人到北京一样,都是家乡发展不好了、都是寻求机会,没什么。"

"我2014年时碰过一个台商告诉我,他们都直接从台湾找大学毕业生到大陆,起薪也不过六千多元,虽然有给住宿,但还是不算'高薪',然而许多年轻人接受了,因为认为在大陆未来发展是可以期待的。我对你们的感情很复杂,你们为台湾做出过贡献,也见识过台湾的起落,也从中获得利益。而我这一代台湾人,从来没有享受过这种利益。"

"你知道我们这代台湾人只见识过一种'上升'吗?就是房价上升。除此之外,什么是上升啊?什么是未来会更好?"

他笑笑,给我倒了一杯韩国米酒。"年轻姑娘,你们总有一天会明白,'企业赚钱,跟我有什么关系?我们已经在谷底了,没差啦'这种情绪、这种仇富,不但无济于事,反而会被利用。我们老了,要让你们接棒了,希望你们这代能找到自己的路。"

我知道，这话都知道，道理都知道，但就是仍有些情绪、仍有些不满、仍有太多焦虑。我突然发现，原来我们这代对上一代的感情，真的这么复杂。

台湾大叔起身离开后，没几分钟，下班了的李皓宇就一屁股坐到我对面的空位。"你刚才跟我亲戚聊什么啊？"他一边问，一边脱下身上的围裙。

"没什么，闲扯几句。你为什么今天晚上要请我吃饭？有事吗？"

"没事，只是想找你随便聊聊。"他翻着烤架上的牛肉片。

吃了三片牛肉后，他终于开口。"思凯今天不来啊？"

"她去一家挺大的公众号面试了。"

"喔，那听说你在跟程维轩交往啊？"

我瞪了他一眼，八成又是台湾圈子传出来的，一群八卦精。"没有交往，约过几次会，干嘛？"

"我和思凯聊过，思凯说，她很怕你步上她当初的后尘。她怕你因为害怕、因为没有方向感，随意抓住一根救命稻草，这样很容易做出误判。"

"李皓宇。"我看着他，从他的眼神中我真的看到一丝担忧，一瞬间的我怒意全消。在这样一个大城市，有人真心关怀你已经是奢侈品,何苦动怒呢?"我知道你们会担心我,但是我有自己的判断,相信我。"

皓宇有些窘迫地把肉片放进我碗里。"我知道你是一个很聪明的女生,不好意思,我们不是想干涉你。抱歉,吃饭吧。"

我咬着肥得流油的羊肉,突然想到,多久没有上馆子吃一顿肥得流油的食物了?

自从做了销售工作后,我每个月会强迫自己存钱,用很少的钱在三餐上。如果不是后来与思凯和皓宇熟识、一起搭伙过日子,我可能仍在用挂面与康师傅西红柿鸡蛋面打发每天晚餐。我们三人伙食费都有限,最奢侈的也就是三天会出现一次的冷冻牛肉片和蛤蜊。

我看着在烤炉前仔细烧烤食物的皓宇。"皓宇,谢谢你。"

"啊?谢我什么?反正这餐厅是我亲戚的,我又没出钱,不必客气啦。"

不,谢谢你,真的。

我来北京这几年,从来没有人拉我加入"台湾圈子",直到和程维轩正式交往并昭告天下后,我一下子被加入了两个都有数百号台湾人的微信群。一个是程维轩的台干小分队,顾名思义就是由外派在北京的台湾姐姐哥哥们所组成的,这些人多数和程维轩一样都在西方企业担任管理职,群里时不时分享金融文章。

另一个群是有程维轩和李皓宇亲戚的"北京台湾取暖团",里面各行各业都有,分享的消息杂七杂八:台湾人如何办信用卡、台湾人如何算五险一金、工作求职、某地政府邀请台湾团参访……

原来真正的台湾群是这种作用!这确实是一个累积人脉的好地方。以前认识的那几个台商台干,没有人想拉我入群,因为很现实地——我又帮不上这些社会人士的忙。但是,现在我为什么够资格入群呢?

从我入群开始,就不断看见这样的介绍——新入群的这位是珉珉,是维轩的漂亮女友。然后,大家就会开始各种打招呼,"啊,维轩又高又帅,恭喜恭喜""台湾圈子又有了一对良缘""以后过年回家都一起回"……

我知道,所谓"我的人脉",是因为"我跟程维轩交往",不是因为"大家想认识郭珉珉"。

"这感觉好怪,有点不爽。"我陪着在买面试服装的思凯,她在试衣间换衣服,我则在门外跟她嘀咕。

"你觉得成为一个附属品。跟我那时一样。"思凯一边跟衣服奋战，一边跟我说。

"我以前有个台湾朋友，在北大读文学硕士，毕业后就直接跟台湾男友结婚了，两人一起去了一个二线城市。男友也是外派，生活挺滋润，以前还挺羡慕的。现在这福气落到我身上，我身边也有个收入高、体面的男朋友，我觉得很好，却又不免感觉……自己和他，不是势均力敌的。"

"就像你和你前男友承恩的相处模式吗?"思凯刷地打开门，看着我，"珉珉，我感觉你跟我一样，从小缺少家人肯定，永远觉得自己不够好，以至于自己也很爱跟别人比较。以前你认为你和承恩配不上，是因为学历;现在你学历够了，认为自己和维轩配不上，是因为工作。但是，这都是你心理因素。虽然我和前夫没有好结局，但我不认为你就会走我的老路，因为人和人本来就不一样"。

"你该问自己的是，你喜欢他这个人吗? 还是只是因为现在你很脆弱，他正好在照顾你，你对他只有依赖? 如果是后者，你就得自己考虑了。靠人人倒，这道理永远不会错。"思凯在镜子前左右端详。"这件好看吗?"

"还挺好的，显腰身。"我一边随口应付，一边想着思凯的话。她说的对,这时的我不应该是大学那个怯懦的姑娘了,外在条件不过是我自己的心理压力,关键是喜欢与否。

喜欢他吗?喜欢,我也不知道这是不是爱,只觉得他不错,而且……他对我是这样好。

我知道靠人人倒,但我一没靠他养,二没向他借钱,顶多就是跟他一起吃饭时他付个账,又有什么呢?想到这里,我瞬间觉得轻松了,享受一下别人的照顾,没什么不好。

"是不错,我就拿这件了。"在我结束思考的同时,思凯也下了决心:"面试嘛,这钱不能省。"

我随意翻了吊牌,这件西装外套一千三。"好贵,神经啊!这又不是什么名牌。"

"你没听过这牌子?台湾牌子,这牌子的总经理也常驻上海,以前我们还一起吃饭。"思凯扯了扯嘴角:"当然,离开我前夫后我们也没联系了。"

"你还和以前那些太太们联系吗?"

"他们在微信群聊什么大陆最新的对台商政策,我也不懂,索性退群了。现在也就剩一两个偶尔说说话吧。"思凯笑笑,拿了衣服去结账。

陪思凯买完衣服后,我去附近的台湾菜餐厅跟维

轩和他的朋友们会合——准确点说，是我以后的朋友，
都是维轩那个台干小群组的朋友。

我以前不觉得台湾人团结，认识越来越多在这里
的中年台干台商后，才发现台湾人真是酷爱抱团，或许
是这样对生意有帮助吧。聚会去台湾餐厅，有些找对
象还喜欢找台湾人。进餐厅之前，我检查了一下服装
仪容：口红完整、马尾整齐，还有款式简约，思凯硬要我
戴上的碎钻耳环。

一进餐厅，我就看到那群姊姊们。维轩说得对，现
在有事业心想往大陆闯的，女人恐怕多于男人。台湾
进入了真正男女平权的时代，女人不只挣得跟男人一
样多，连孩子都可以直接带到大陆自己带，家里的男
人，爱要不要，一年见个两次面就可以。

"维轩跟我们说你去逛商场，没有看到喜欢的
啊？"姐姐们亲切地拉着我坐，替我倒了一杯菊花茶。

"商场的东西贵啊，直接淘宝就好了。"

"你现在还买淘宝啊？"其中一个同样在外企五百
强上班的女生问，我点头："我这件两百六啊，你不觉
得跟商场的一样好看吗？"

另一个姐姐接话："还是我们台湾女孩节省啊，我
也是买淘宝，根本舍不得去专柜买。我公司行政前台

的小女孩倒是很厉害,一个月薪水四千,可以花一千买衣服。"

讲到这里,大家似乎都颇有心得,开始七嘴八舌。"何止买衣服?在大陆结婚还有好多事情呢,什么房子、车子都会被要求,台湾小年轻认为结婚后租房没关系,在大陆人看来这叫'裸婚',父母都会有意见的。"

"大陆这几年确实一线城市的白领工资高过台北,但是我常觉得这里人的消费观念真是够厉害,年轻女孩好像没有存钱观念一样,拼命买拼命买,我上次跟我公司的组员说'得存钱养老',还被他们笑,存那点钱做什么?放在银行等贬值啊!"

"这可能是走以前台湾经济繁荣时期的老路吧?那时台湾人出国买劳力士,一次就买好几只,被外国人侧目,不过这也就是上一代啰,我们这代台湾人没福气,基本过三十岁后就开始存养老钱。我到现在还会跟朋友感叹:台湾人怎么都活得这么省?人均三四百的饭、八九百的洋装,我们觉得好贵,大陆年轻人眼睛眨都不眨就付掉了。"

"台湾女人还是谨慎小心的,就怕被骂是拜金女。难怪我的大陆男同事说,真想找一个台湾女人。"

"对啊,还是我们台湾女生贤惠,维轩你看看你多有福气，女朋友年纪小就这么懂事。"其他人附和，场面热络得不得了，隔壁桌的几个客人还投来好奇眼光。

我隐隐觉得尴尬，其实我的年纪在大陆人眼中不小了，是该找个好男人结婚，不然再过两年就怕"没人要"的年纪。但是在这票四十多岁的台湾姊姊眼中，我是个小朋友，他们不断称赞我年纪小、年轻真好，我却很羡慕她们。就如同程维轩跟我说的，这些女生许多至今单身，或是离开老公只身赴陆，她们的谈吐充满自信。

"不过，这儿的男人虽然挺'实用'，但有些时候思想很先进，有些时候却像是活在民国初年，听到你四十岁没嫁，吓得跟见鬼一样，这在台北不是挺正常的吗？"其中一个姊姊说。

"都说大陆一线城市比台北国际化，但是某方面的观念跟台湾十多年前一样。我爸还问呢，新闻媒体上说对岸有三千万光棍，怎么你去对岸十年都没有对象？我跟他说，我在北京听过有人说，年过三十就只能找二婚的，对女性的年龄歧视比台北可怕多了，我干嘛屈就自己？"

"不过，珉珉啊，还是你有福气。"其中一个姐姐话锋一转，忽然转到我身上。"你才二十五六吧？碰到维轩这种可靠的男人,真的是很幸运。我们这种年纪不行啰,已经不指望找个好男人靠,只能靠自己。"

"可不是嘛,之前我们想介绍一个三十多岁、挺成功的广告公司总监给维轩,他不要,原来是喜欢年纪小又听话懂事的。"

"那是,维轩啊,好好疼你的小女友吧,看起来多乖巧、宜室宜家的,看好人家,避免人家跑啰。"几位姐姐说完,又是一阵大笑。维轩也笑,一边搂着我一边说,我当然会好好保护珉珉啦。

我不知道维轩想"保护我"这话是应付还是真心。但当下的我,虽然笑着,笑容却凝聚在嘴角,笑得连我自己都累。

身上这件"宜室宜家"的米白亚麻洋装,是思凯帮我挑的,她说,第一次见男友的朋友,别穿什么吊带背心和短裙,一副"很会玩"的样子。"你男友快四十了,他的朋友也都三四十岁吧?那些台干圈子的中年人,喜欢稳重的、端庄的、气质的",她执意让我穿上这条裙子,头发梳好,戴上小小的碎钻耳环。

我对于宜室宜家、贤惠、端庄,这些词没有任何意见,思凯就是这样的女人,而我也希望成为这样的女人。但听着姐姐们这样说,我知道我是不舒服的,这个不舒服不是来自这些词汇所代表的意义。

"我喝多了,头有点晕的,我先走了。"我低声对维轩说。

"我送你吧。"他起身,我连连摇手,不必了,我自己搭地铁回去吧。

"我送你。"他说,不容拒绝的。他客气地向朋友们告别,我们牵手,在一片"你们要不要这么甜蜜啊"的哄笑声中离开。他牵着我上专车,贴心地把车上的矿泉水扭开给我,而我看着车子在五光十色的车流中穿梭,突然想起承恩咆哮的那句——你会后悔的。

不知道为什么,我明明靠着维轩,但我眼前突然出现承恩。他一直对我很温柔,就跟维轩一样疼我,但是当我跟他说要去北京后,他露出的狰狞是我从没见过的。我仿佛看到他,看到他露出似笑非笑的脸,问我:郭珉珉,你以为有个好学历,你就可以在北京待下去?你以为你能穿那些吊带裙、装强悍,就真能成为女强人?

郭珉珉,不管外表怎么变、学历怎么变,你还是在台湾时,那个怯懦、被姊姊比下去、对未来茫茫然的郭珉珉!

承恩没有不喜欢"中国"，他就跟普罗台湾人一样，都知道大陆近年的飞速发展，北京上海的高阶白领工资远超台北。说句有些自以为是的话，我想那时他所表现出来对"中国"的厌恶，是因为我决定去北京。这打乱了他自以为的未来规划。

他家人喜欢我，称赞我"家教好、礼让长辈"；我偶尔跟他小打小闹，有些小脾气，但我在他朋友面前永远给他端茶倒水、给他面子。他常常笑，我内心就是个彻底的小女人，期望别人保护，"以后我会照顾你的"。他常这样说。

但是去北京？他没想过我会这样做。

"最近台湾媒体常说大陆人狼性，把职场厮杀、耍心机、阴狠狡诈、无礼当狼性，也真是够了。"在吃面时他突然开口，我抬头看了一下电视，原来是新闻上在讲今年大陆经济增长的数字，难怪他发作。

"人多，竞争大嘛。"我随口应付。

"你好歹也是辅仁的，现在薪水不高，以后慢慢熬总有机会嘛。"

"我的主管大我十岁，三万八（新台币）。"

"在台北这样就可以很好地生活啊。医疗这么好，服务这么好，你又不是什么女强人，有什么好不满的?"

"我为什么要这样被台湾企业欺负下去？我为什么要这样被没完没了的蓝绿政党内斗牺牲下去？我为什么要不断自我安慰‘没事，台湾还是很好的，我这样就可以了’？承恩，我不甘心，我认为年轻人都该出走，走得越远越好，那些人才会知道问题的严重。"

"嘿"，有人把我轻轻拍醒，"到家啰，懒虫"，维轩笑着轻捏了一下我的脸，替我拿着女士肩包。

他送我到楼下，把包包递给我："晚安。下次去我家吧，我煮饭给你吃。"

"你喜欢我哪里?"冷不防地，我脱口而出。"程维轩，你喜欢我哪里?"

"维轩啊，我跟你在一起，有时候好别扭。你知道吗？自从做销售工作的近三个月来，我被问过无数次‘为什么要做这个工作’，还听过至少十次‘你条件不错啊，找个男人养你啊，这样子就可以轻松了’的建议。我的年轻同事方玲就是这样，男友养着她，房租伙食都免了，每个月四千多全花在自己身上。

"内衣销售、台湾女生、二十六七岁、硕士毕业，这些头衔让美容院的美容师、客人、老同学，或是整个社会都觉得我很‘怪’，但是我跟你开始固定约会，还不幸被我的同事们知道后,所有美容师都跑来恭喜我:'郭老师,听说你和一个条件很好的外企台湾人约会?很好啊,恭喜恭喜,以后轻松一点了。'

"有一个优秀男朋友的我,在其他人眼中,比较正常一点、比较'符合社会价值'一些。

"维轩,你知道吗?就连李皓宇的台商亲戚,都透过李皓宇传话——我本来挺担心你们这些在北京漂着的小姑娘,不过现在,好歹也有个依靠。维轩,你让我想起我的前男友承恩,我知道我该自信一点,我不该去在意别人对我的那些意见,他们不了解我,我知道。

"但是,跟你在一起,跟那些姐姐们吃饭时,听到他们那样说,我就是不舒服。

"对不起,我真的很别扭。"

我低着头,说完那一串话。"如果你觉得我太幼稚、我们不合适,也没有关系。"

他看着我,突然笑出来。"郭珉珉,有些话,我也只说一次。"

"我第一次看到你时,你就教训了那帮台湾人,还真令我刮目相看。后来我发现,你实在挺爱逞强的,你好像很急于证明自己'可以不靠别人,可以自己在北京活得很好'。郭珉珉,没有人会否认你是个坚强的

女孩子,但是坚强,不代表不需要人陪、不需要人安慰。你不喜欢加入台湾群体,你觉得台湾人在一起就是抱团取暖、讨安慰。"

"在北京城,我们两个台湾人在一起互相取暖,又有什么不好呢?我已经快四十了,但是我还是需要人陪我,我喜欢跟你相处的感觉,就这样。"他说。

就这样吗?原来许多事情真的不用想太复杂,原来,就这样。

我走近他,把头埋进他的胸膛里。这一瞬间,我放下了一切警惕、一切多想。

好吧,我也有那么一点,喜欢他。

第八章

继续在北京，你又能
混出什么名堂？

我到北京后，最常听到人们探讨的话题，就是如何在北京安定下来。对于台湾人而言，最新奇的事情就是知道有"北京户口"这种玩意儿。我还记得研究生二年级那会儿，我们系上某位老师扯着嗓门说："祝福各位同学以后落户顺利!"同学们爆出一阵苦笑。

　　我问室友，北京户口有什么了不起，难不成是美国绿卡?

　　室友说，台湾人就是不懂，北京户口比美国绿卡难拿。"台湾没有什么户口限制吗?"她问。

　　我摇头，问她，户口，这不是很不公平吗?

　　她笑了，地方这么大，什么叫公平? 高考已经是最公平的了! 让寒门能出贵子。

　　对许多北京的外来者而言，不光是在北京工作，还得成为这里的居民：找工作，落户口，买房子等。大陆的电视剧都不遗余力地演着北漂的辛酸，成为北京人多么难啊——许多人这样感叹。

很多台湾人,特别是我这代年轻人,在经济及生活上与大陆北漂一族无太大区别。我们都从不错的大学毕业,都与大陆年轻人一同住出租屋,唯一的不同就是内心。台湾年轻人在北京,表面上口音、用词、娱乐都能与这儿融合,但内心总有一个声音告诉我们——总有一天要离开的。

许多台湾人的口头禅是,以后还是要回台湾的吧,北京的环境跟台湾没法比啊!但那个"以后",没有人敢说是"多久以后"。

尽管渐渐地,随着时间推移,许多人在北京常常说"回台湾",回台湾后跟亲戚朋友谈话时,又不自觉地说"回北京"。好多台湾人跨越两岸、生活在双城,心理距离与大陆朋友不断拉近,却又不断提醒自己"我们是台湾人,他们是大陆人"——我们之间,有"我者""他者"的不同。

我现在有时间去想这些,当然是因为我现在无聊得很。此时此刻,我正在两群人之间,对每个人亲和地微笑。

卖内衣的三个月后,我终于发挥出了自己在大学时的所学,帮章姊办了一场给美容院 VIP 客人的"身材管理课程"。听起来似乎很像传销,但我花了一个礼拜去选了一间藏在胡同里的网红咖啡店,包下一楼二楼,邀请二十几位 VIP 客人在咖啡厅里听讲师滔滔不绝,现场配有手冲咖啡和低脂低卡健康蛋糕。一楼挂有我们精挑细选的内衣和塑身衣款式,二楼则是一间间简便试衣间,现场配有几位美容师帮忙。

自然,活动当天咖啡厅的米色窗帘都拉了下来,确保隐密性。室内灯光的明亮度、是要哪种颜色的灯光,我也事先检查好几次。确保内衣看起来都有高质感,也不会把客人脸上的毛孔痘痘都照得太明显。

来的二十位客人中,还有五个是章姊的主力客户——那些"某某台商夫人""某某台商协会理事长"之类的。那群台湾人虽然人数不多,但我感觉太过醒目了些。她们用闽南语聊天,时不时笑成一团,我看着她们,在看着另外一头谈笑风生的大陆客人们,感觉这种抱团的现象挺有趣的。我竖起耳朵,听见一位太太在说"这里的人喔,有的时候想法跟我们'逮完郎'确实不太一样啦",忍不住露出微笑。

逮完郎,意思是台湾人,但其实有时候很多不一样真是南北的不一样,比如我的上海前同事们,对北京的环境与吃食可是有诸多抱怨,抱怨内容跟我们逮完郎也差不多。只是，一旦两方的身份是"台湾人"与"大陆人"时，一切事情都会上升到两岸间的不同。

"珉珉啊，你过来。"章姊把我叫过去，我知道她是要把我介绍给那些"夫人"，多亏跟维轩交往，对于这种套路我已经很熟悉了——来，我给你们介绍一下，她是珉珉，也是台湾人喔，北京大学的硕士咧。现在在帮我做事，你们知道的，我也是比较喜欢台湾人，都是老乡嘛。这次活动是她帮我策划的，她在台湾读的是辅仁大学广告系。

然后，那群夫人们会说，现在年轻人到北京都好努力啊，加油，吃苦几年，北京还是很有增长性的等等的客套话。然后我随便应付几句，就能去喝口咖啡了。

果然，一切都跟我想象得差不多。章姊介绍我、夫人们客套地应对，而我拿出自己最擅长的"装乖"，内心倒数着五四三二一零——行了，她们开始聊人民币的汇率，我可以去拿咖啡了。

我喝了一口咖啡，没想到章姊竟然走到我身边，也拿了杯咖啡。"珉珉啊，宿舍住着还行吧？"

"住着很好哇，谢谢章姊，省去我房租呢，太感谢了恩人！"我发挥出台湾好孩子的撒娇本领，果然章姊呵呵笑了。"你跟思凯关系好像也挺好的？"

"嗯,很好,我们常一起做饭吃。"

"是吗?果真老乡在一起都有个照应啊。她刚刚跟我说,找到新工作了,好像是一家情感公众号,挺大的,也在公司附近找了房子,说这个月末就要搬走了。"

我突然感觉咖啡太烫了,差点拿不住,只能将杯子先放下。"是吗?她只跟我说找到工作了,还没跟我说要搬家。"

"啊,她已经跟我说了。宿舍空着也是空着,下个月可能会有一个小女孩借住,是我朋友的小孩,说想考北京电影学院,先到北京来看环境。都是台湾人,应该也可以聊得来。到时你多多帮忙人家小孩啰。"

"章姊,你有需要用房子吗?不然我可以去外面租房,没事的。"

"啊啊,没有赶你的意思啊。北京房租多贵啊,住着好歹可以省一笔开销,去买买衣服什么的。我看你还挺不舍得买衣服的,年轻人啊,多多妆点自己。"章姊拍拍我,又去跟别人寒暄了。

我站在那儿,一口一口喝掉咖啡,脸上的笑容依旧。思凯要离开了,思凯要离开了,思凯要离开了。我满脑子想的都是这个。十分钟后我打开微信,看见我、思凯、皓宇所在的三人群组中，思凯公布了这个消息。皓宇发了一个吃惊的表情，而我，则发了一张哭脸。

以前毕业典礼时，台湾的校园最流行放的音乐就是周华健的《朋友》，朋友一生一起走，那些日子不再有，一句话一辈子一生情一杯酒。大家听着这首歌，哭得稀里哗啦。等过了两个月，新学期开学、交上新朋友，原先大家还会写信联系，渐渐地，也就忘了。我们早就脱离相信"朋友一生一起走"的年纪了。

但是为什么，此刻我喉咙被哽住了，真的有种很想哭的冲动？

思凯啊，我很羞愧地承认，你、皓宇，给了那时"不中用"的我一点心理安慰。我可以心安理得地跟我妈说，台湾人在大陆卖内衣有什么奇怪的？我室友还是无业游民呢！我的邻居还在烧烤店烤肉呢！

不自信的我，过去三个月，一次次辩解、一次次躲避"内衣销售"这个身份，只是想让自己在外人眼中好看一些。如今，思凯成了第一个"脱群"的人，皓宇也随时会是下一个，大家都在往前走。

而我，郭珉珉，能不能也开始大步往前？

在北大读研时，我会吐槽台湾圈子的抱团行为，不料现在是"台湾圈子"给了我工作,在过去三个月,我也极度依赖我们仨这种小团体生活。思凯要搬走的那一天早晨,我顶着没睡好的熊猫眼起床,看见她早就起床了,坐在床头,听见动静转过头来看着我:"起床啦?"

"嗯,你这么早起啊?"

"没睡好。"她顿了顿,补充。"以前跟前夫在一起时,也是这么早起床,帮他准备好早餐,送他出门再回去补眠。"

"看不出来你这么传统啊?你不像是家境好的台北女孩子啊?"

"那个时候,反正也不知道该做什么,在上海我也感觉没有我的位置,每个上海白领都急匆匆想挣钱,而我没有什么目标,就是有老公。现在想想,那段时间在做什么啊。"讲到这里,思凯笑了笑,"我找到的工作薪水不高,但是至少感觉,在这个城市,我有一个自己的小位置。"

我看着她,这个平时话不多、我俩也不会彻夜谈心的女孩,这个过去三个月与我睡在同一间房间的女孩,这个我卑劣地偷想着"希望我比你先成功一点"的女孩,她要离开了。

想到这里，我站起身，莫名其妙地对她喊："思凯，我会关注你以后的每篇文章！你要做出很多十万加！我会帮你转发的！"

　　思凯看着我，我看着她，然后我们俩莫名地抱在一起哭。我一边哭一边笑，几岁了，真是的我们都几岁了！当李皓宇踏进屋子看到我俩时吓了一跳："你们是小孩子吗？现在有微信啊！我们的群不会散啊！哭啥啊哭！"

　　李皓宇凶神恶煞、吵吵闹闹，想逗我俩开心，但是当搬家公司的大哥把思凯的东西一箱箱扛上车时，原本吵个不停的皓宇也不再说话。思凯上车，对我俩挥手，我们目睹着车子逐渐驶离。

　　"我们当初说过，给自己和北京三个月的试用期，

记得吗？突然发现,已经三个月了。"皓宇说。

对啊,已经六月了,夏天快到了。碰到思凯和皓宇时,我们还穿着毛衣。

这三个月来,我和皓宇都七点才到家,七点二十左右开饭,思凯煮饭,我俩就轮流洗碗。晚餐时间我和皓宇会分享白天工作碰到的奇葩客人,思凯话不多,通常只是听,等皓宇回家后我俩就各做各的事,这样的相处模式完全是符合各自利益的——分菜钱、能一起吃晚餐又有私人空间。

我们三个,不是多交心的知心好友,连十几块的菜钱都算得一清二楚。但是为什么现在我感觉房间空了,内心也空落落的?是不是北漂就会这样?彼此忌妒、彼此抱团取暖,等数年后,再共同饮酒回忆那段艰苦岁月?

"三个月了,我还没混出什么名堂,但是我还是想留在北京。什么试用期?这说法真搞笑,都已经出来了,不拼个头破血流,怎么好意思回去面对乡亲父老?"皓宇傻里傻气地笑着,"以一个专业的餐饮业人员来看,这里还是很多机会的。我要待下去,我想知道我的极限在哪里。珉珉,你呢?"

我没说话,但是我知道,我也想待下去。

回到老公寓，我开始打扫公寓。章姊说过，她朋友那位想考北京电影学院的小朋友，过三天就要来借住了。没料到，我的床上放着一个大纸袋，里面整齐地叠了三件近乎全新的洋装。好牌子、好料子，跟我爱买的淘宝货不同，整整齐齐地没有线头，很符合思凯的气质。衣服底下是一张卡片，上面就写了四个字：一起加油！

我冲出门，死命地敲着李皓宇的门，然后抱着他哭得稀里哗啦。

三天后章姊口中那位"台湾小朋友"扛着一个大行李箱搬进屋了。我没想到章姊口中的"小朋友"竟然这么小，一个十七岁，即将升高三的女孩子。

我俩一开始同住，客套拘谨，颇有台湾人温良恭俭让之风。两天后的一个晚上一起看了一集《快乐大本营》，莫名地就因为都喜欢何炅而玩成一片。这位才十七岁的女孩子，已经决定大学就要到北京读书，因为市场大。"我想做导演，这行现在除了大陆，还有哪里更有机会？"她笑得开朗。

她问我，姐姐，你那时考上北京大学，是不是老师同学都特别羡慕？我笑了笑，我记得申请北大时邀请老师写推荐信，我的老师曾阻止过我。那时老师说：

"以前在美国读书时我的大陆同学,最优异的那批都留在美国了,不愿回去。我们这一代,最优秀的通常在美国,北京的老师……"

她没说下去,但我知道她要说什么。我问,你的老师呢?可知道你想考北京电影学院?她笑,当然知道啊,他们都鼓励呢,说人才都往这儿跑,以后要在大陆会比较有发展。

发展吗?我笑笑:"北京有种魔力,有种让你认为'留下来可能你就会是下一个成功的人''现在就算不好,但未来可能更好'的莫名氛围,我在北京混成这样,原本以为自己只会再待三个月的。没想到,我到现在还是不想离开。"

"你现在在做什么工作呢?"她闪亮亮、对未来充满企盼的眼睛看着我。

"没什么,就是帮台商做事",这个答案卡在喉咙、呼之欲出,然后我笑了笑:"我是内衣销售。"

她的眼睛睁大了一些,正当我以为她要露出那种"喔   这工作也没什么不好啊"的安慰笑容时,她开口了。"哇,好酷啊!"

好酷啊,真心实意的。而这是我第一次,在介绍自己的工作后,真心地感到骄傲——台湾人在北京卖内衣,酷吧？我也这么觉得。

我把我卖内衣截至目前的感想都告诉她。我告诉她,最近除了自视甚高、自认有素质的"高冷"人群之外,我的大妈客源也开始增加。我发现一些热心的婆婆妈妈,知道我这个"年轻、条件还可以的台湾女生"单身后会不遗余力地想帮我介绍对象,所以我开始看《非诚勿扰》,开始关注这个城市的婚恋价值观,在帮客人试穿内衣时就这样有了共同话题。

我跟她们聊,我这一代台湾女生其实很多人不需要男方有房,可以租房裸婚,甚至 AA 菜钱;我告诉她们,那时刚到北京时,这儿的户口政策有多让我震惊,竟然还有些本地人不想找外地人……聊着聊着的后果是,可能客人在跟我聊半小时后,拍拍屁股就走了。但也有些客人,虽然不会买价格几千的塑身衣,但随手就买了几件内裤内衣。而我,意外地在工作上找到了属于自己的乐趣。

妹子在北京待了几天后就走了,说是要去找成都的朋友,因为她和一位成都妹子都喜欢某知名大陆小鲜肉,大家是在百度贴吧认识的。"在饭圈,两岸没有界线的。"她笑嘻嘻地、精力充沛地走了。

我突然体会了什么叫时代的浪潮。我的大陆同学们,曾经热情无比地跟我分享有多喜欢看《康熙来了》、多爱台湾偶像剧,很快地,比我小的这代台湾小朋友,会热情地告诉大陆同龄人,自己也很喜欢易烊千玺。

在小朋友离开后没多久,我拿到了公司印发的名片,烫金的字体上写"销售经理"四个大字。章姊递给我时拍拍我,"干得不错,上次的活动也算成功。以后公司要办活动就交给你啦。"

走出美容院,我用手指抚摸着微凸的字体,想起了妹子那句"好酷喔"。过去三个月,我到底在纠结些什么呢?有一份踏踏实实的工作,自己能养活自己,有什么好抬不起头的?

莫名地、突如其来地,我感觉全身轻松下来了。过去几个月肩上那莫名其妙的担子,轻了一些。

都说好事成双,这件事情在我身上总算应验了。工作上跟美容师、销售同事和客户间的相处越来越娴熟愉快,感情上大我十多岁的维轩也宠着我,提议过几次"不如一起住吧"。维轩在某些事情上会比我着急,他说他爸妈也都知道他交新女友,也大概知道我的情况,认为我也是台湾北部人,也挺满意我的"家庭条件"(看，又来了)，所以希望我俩不要拖太久，可以早早"定下来"。

我有一份工作，有一个愿意跟我定下来、条件又好的男人，我算是在北京立足了吗？

我也喜欢他，也考虑搬去他的房子住，不可否认，跟维轩"稳定"了之后我感觉轻松了许多，现实点说，就是可以吃更多好东西、过更舒服的日子，顺便存点私房钱——跟这个男人一起过比较"舒服简单"，这想法好像不太光彩，如果我妈听到大概会狠狠敲我的头，但我确实可耻地有这种"生活好像容易一些"的念头。

当然，我内心会有种纠结，比如他很少跟我提及工作上的事情，我有他家的钥匙，有时下班后过去留宿，因为他下班晚我总是订好晚餐，然后独自在他的公寓等他。他进门，我帮他挂好外套，偶尔看见他愁眉不展，我追问，他会笑一笑揉揉我的脑袋"没事，不用担心，快吃晚餐吧"。晚餐时刻，我会跟他聊今天碰到的客人或是最近台湾有哪些新闻。

他会看似兴高采烈地跟我聊，但我知道他心不在焉、若有所思，但是我追问时他会笑，"女孩子不用听这些，我会处理，你开开心心就好"——相信我，这种话绝对没有偶像剧里演的浪漫。因为每当他这样说时，我坐在他身边，总感觉我们之间隔了一层什么。

但是我又说不出我想说的话。我说不出"我不喜欢你把我当小朋友，你跟我谈，说不定我能懂"，我说不出"你越是这样，我越感觉罪恶，因为我不能太依赖你"，我更说不出"维轩，我怕当不成你想要的那个好太太"。

什么叫"人生处处是伏笔"，什么叫"历史总会不断循环"，我当真明白了。跟维轩在一起后我就隐约感觉了，他就是成熟了十多岁的承恩，他们宠女人、爱女人，而他们对女人的要求就是，一个体面的学历、一个不会造成负担的小康家庭背景、有气质、待长辈礼貌、不用太显眼或太能干。

他们要一个和善、懂礼又无害的女人。他们也自认自己能够给予这样的女人一个体面舒适的生活，同时这样的女人又不会太忤逆他。

为什么我绕了一圈又找了这样的男人呢？我常常一边享受着维轩的宠爱，一边嘲笑自己。我更常常在他讲电话时坐在落地窗前，看着街上的车流，思索着自己在这个城市，究竟有没有骄傲地站住了脚？有没有一个自己打拼而来的位置？

还是，我最终像是连续剧里的家庭妇女一样，只不过是一个"能帮男人处理家务的女人"？

"你在想什么？"放下手机的维轩走到我身旁,给了我一杯红酒。

我把想说的话吞回嘴里,"没什么,想家人。"

他笑笑,想家人什么？说给我听吧。

我到北京前我妈一直说,家里两个孩子,她最不放心我。我父母是台湾比较偏远地区的,辛苦上台北拼出一个子女能衣食无忧的生活。我妈说,那时咬牙辛苦,想着的是以后子女可以傍身,不必像自己一样远去另一个大城市打拼。没有想过,二十多年后去大陆工作成为台湾这代人的命运。

我不是第一个离家的孩子。我姊姊考上一份稳定的工作后被派去了其他县市,姐姐离家前一天我妈关在房间里哭。台湾太小,父母太舍不得孩子,高雄到台北不过两三个小时的火车,对台湾父母而言已是漂在远方。但是轮到我离家去更遥远的地方时,我妈反而没有哭,只是常念念叨叨。

你这么弱,从小就粘着姊姊,你怎么出去打拼？

新闻上都说,大陆人特别能斗、特别狠,你去了能斗得过别人吗？

如果拼不出什么结果就回家,不要像新闻上那些台流一样,散尽钱财都不敢回家,浑浑噩噩、骗吃骗喝。

这些话到今天还在念,两三年了,讲了数百遍。爸妈都退休了,赋闲在家,不是看报纸就是走公园。每周我们通一次微信视讯,而我总是应付、总是觉得烦,听着他们讲那些一点也不新奇的话。

我总是迫不及待挂上电话,然后继续投入自己的花花世界,读书时想着去找同学玩、周末要不要去天津、论文该怎么写,工作后烦闷于可怕的上司、计算着每月的生活费盈余。但是我一直很忙,我一直看到新奇的东西、受到新的冲击。

我总是报喜不报忧,月薪四千吹嘘成月薪六七千,因为省钱早中午连着吃,晚上固定吃一碗西红柿鸡蛋面,这些我不会说。美其名曰不想让爸妈担心,其实只是不想听他们念叨,更怕他们一再质疑我"你到底为什么要在北京继续待"。每次挂电话前,我都会例行地说"好啦,下次再说""好啦,下次再见"。

就跟打发不太熟的朋友一样。

我常反省自己对父母的态度,但也常怨,谁让他们是那种说冷言冷语打击我的父母,谁让他们总是不说"你辛苦了",而是念叨"就跟你说你不行,还不回台湾"?但最近我也感觉到,我妈那样的反复叮咛,或是挑剌找碴,其实只是她不知道该跟我说什么,她就是个传统中国父母,只能说这些老掉牙的话来表达对子女的关心。

而她的挑剌找碴,也只是想让回台湾,这样至少我有家人照顾。

维轩,我能理解她的苦心,但我对这样的苦心却又厌烦又避之唯恐不及。我不想再只是一个乖女儿、一个能读书的乖乖牌,我其实喜欢五光十色的生活、喜欢漂亮的洋装短裙,我也可以当一个在事业上发光发热的女人,就像你身旁那群台干姊姊一样。我现在卖内衣也卖出一点成绩了,我也能做到的,你知道吗?

维轩,我也想要成为你的伙伴,能被你看得起,而不是被你当一个什么都不懂的女人养着。

那天晚上,我一边喝红酒一边疯狂地胡乱念着,我也不知道具体到底说了些什么。隔天早上我在床上醒来,头痛到快炸掉,维轩已经去上班了。桌上有一份早餐,炒蛋上面画着一颗爱心——非常台湾偶像剧,非常"哄骗小女生"的花招。

"你干嘛?偶像剧看多了啊?哄小女生啊?"我传微信给他。

"你不是小女生,你是我的生活伙伴,我的精神寄托。"他回。

神经病。我关上手机,然后自己在客厅的落地窗前笑成白痴。

噢,忘了跟你们说另一件关于我父母的事情。按照前面所述,你们或许能在脑海里联想到我爸妈的样子——有点古板的传统父母,用碎念替代"我很担心你"的关怀,总是嫌弃你不如别人家的孩子。但有一件事情,是我爸妈稍微"不同于传统父母"的。

他们认为女生书读越多越好、学历越高越好,小时候我妈就训我:"读越多书,对你未来越好,如果你不读书,你只能选一个笨男人;如果你书读得多,你就能同时选择笨和聪明的男人。"

还有,他们也不认为女孩子必须要嫁人。他们当然期望我和我姊有个好归宿,对于我姊成天埋首工作、对男人兴致缺缺也挺担忧,但绝不代表他们会押着女儿去相亲。我那对自认"与时俱进"的父母认为这样太古板。"女生得有好工作,不要靠男人",从我大学开始交男朋友开始,我妈就这样训诫。

甚至,大学那时我跟承恩约会,她还会塞给我钱:"女人拿男人的钱会被看不起,别让男生请你吃饭,我们家的女生不是吃不起。"

因为这些谆谆教诲，我在跟维轩交往后总自觉愧对父母的教养。每次去商场逛街，我稍微拿起一条项链或一件衣服，他二话不说包下，实话实说，这感觉挺愉快的，以前跟承恩吃饭时我们总是 AA，后来在北大读书碰上清华的男生请吃饭，我也会有些不好意思——大家都是学生嘛。

但是，我知道维轩的收入远高于多数台湾三四十岁的上班族，在北京能住不错的地段、不错的小区，虽不大富大贵但能过得体面，这样的男人给我买东西，我可以心安理得地收下。我上班时间比较晚，若留宿他家，早上起床后有时我会去窗明几净的咖啡店吃早餐。我喜欢坐在窗畔，让暖暖的阳光洒在身上，看着玻璃窗外匆匆走过的白领们。

这些东西，我之前是舍不得吃的，在销售出一件内衣时才准自己买一杯星巴克。但是和程维轩"定下来"后，像是报复似的，我每天一定要去咖啡店，尽管我并不认为咖啡店的咖啡有多好喝。

这种舒适的日子，多好啊，如果我当初没有从外商辞职、没有"偏离轨道"，这是不是就是我该过的生活？我现在是不是好不容易才"爬"回该有的"阶层"？这个想法并不光彩,但我就是不可遏止地在心底这样想。

所以,当我跟爸妈坦承自己找了个稳定的好男友、可能会论及婚嫁时,我内心多少有点心虚。"你看看别人工作得这么好,你还不好好努力,怎么配得上人家"——我真以为我妈铁定会这么说。

但是,当她静静听我说完后,第一句话竟然是"很好,我总算可以放心了"。

你什么意思啊?那个从小就教导我"女人当自强"的女强人老妈去哪了?什么时候变成一个如同台湾乡土剧一样的传统女人,认为女子找了一个好归宿就是好、就能让父母安心?

我用这些问题质疑我妈,结果换来她在微信视讯那端的一个白眼和冷笑:"废话,你又不像你姊姊一样刚强,你能变女强人啊?幸好现在有个台湾男人照顾你,以后你们一起回台湾也方便。你啊,还是需要人家照顾,别以为自己很独立。"

我就知道,又是这样!我咬着牙:"我就算跟他一起回台湾,也不会回去跟你们住,以后不劳您操心了!"

自己的亲妈就让我气血不顺,以后怎么跟婆婆相处?维轩的妈又会怎么看我?在我认为这些还离我遥远的时候,丑媳妇见公婆的这一天莫名其妙就来了。在一个风和日丽、万里无云的日子里,维轩来了一通电话,邀请我下班后去大悦城跟他共进晚餐。

我才到大悦城门口就看见这个阵仗——笑容满面的维轩和他身旁的两位长辈,"叔叔阿姨好"我下意识地弯腰,然后才意识到自己今天有些"不合时宜",身上这件灰色洋装领口实在有点低。

幸好我听见满意的笑声:"你好你好,这女孩真有礼貌。"我看见维轩脸上挂着温和的笑容,脱下西装外套披在我身上,再帮我把外套扣起来。果真应验思凯说的,四十岁的台干、事业有成的台湾男人,喜欢一个贤妻良母,也就是说,别在他父母面前露乳沟——能理解,但我仍在内心轻轻叹了一口气。

我们说说笑笑地走进餐厅,我感觉脸上的笑容是不属于我的、是我装上去的,"你为什么没跟我说你爸妈来北京了?"我轻声问维轩,他笑着抱抱我,"紧张啦? 放心,他们会很喜欢你的"。

商场里人流很多,我听着自己"阿姨,小心啊"等应付的话语,听着自己的高跟鞋踩在光滑地板上喀喀喀的声音,听着维轩殷勤地问我"珉珉啊,想吃什么",我随意应付,手被维轩牵得紧紧地,思绪则飘到千里之

外。

"我拿到 Bayer 的工作了,面试通过!"在台北东区的餐馆里承恩冲过来抱住我。"太幸运了,我以为没戏了,你知道那种知名药厂很难得录用新人,何况不知道有多少人投简历过去!"

"恭喜你,我刚才帮你点啤酒庆祝了。"我笑道。

"你也要升大四了,怎样,想好要做什么工作了吗?"他坐到我身边,笑嘻嘻地问。

"没想好,我倒是知道自己不会想进广告公司,钱少事多,我那些学长姐还得意洋洋地说'我入行时只有两万五,而且每天加班到凌晨两点,但我还是坚持下来了',真是的,这种被企业剥削的事情有什么好得意的。"我重重叹一口气。

"那就别去了，我才不要你每天加班到凌晨呢，女孩子干嘛做这种辛苦的工作？老得快!"他一把搂过我，捏了捏我的鼻子："放心，你老公以后可是在全球前十大的药厂上班，你可以轻松一点过日子，辛苦的、累的、赚钱的粗活，交给老公！等我存多一点钱，我们就结婚吧，在台北买个小房子，反正我爸妈你也见过，他们都好喜欢你。"

"吃这家可以吗?"一回神，我们站在一家北京烤鸭店门口，维轩问我。我连忙点头，称职地跟维轩的爸妈介绍："烤鸭算是北京比较能拿得出手的菜了，也是我少数能接受的北京菜，什么炒肝、豆汁焦圈，那种北京小吃一般也不合我们台湾人的胃口，不过驴打滚好吃，等等给你们尝尝。"

席间就像老套的电视剧一样，先互相嘘寒问暖、相互恭维。点完菜后我称赞维轩的父母气色真好，看起来一点也不像快到退休年龄的老人家（您看起来不过四十多啊），维轩的父母问了我当初为何到北京、现在在北京还习不习惯、北京竞争这么激烈会不适应吗等等台湾人必问的问题。

"珉珉啊，你喜欢北京还是台湾?"维轩爸爸喝了一些红酒，红着脸问。

两边不一样啊。台湾是温柔、人情、舒适，北京是刺激、拼搏、变动、有"未来感"，这要怎么比——嗯，这种话最好放心里，标准答案是："当然是台湾啊，家乡永远比较好嘛，吃东西也合口味。"

整顿饭在我一一回答"标准答案"后气氛少了初见面时的紧张，越来越和乐，冷不防，当烤鸭快被消灭完毕时维轩的母亲丢出下一个问题："维轩说你是帮一个台商做事，具体是做什么呢？"

我丢下咬了一口的烤鸭："喔，我是销——"

"她在台资企业做很多事情啊，身兼数职，产品推广、活动规划什么的，前一阵子她还在咖啡店办了一场活动，反响很不错。"维轩对我笑了笑，给我夹了块鸭肉。维轩的母亲在桌子那端发出"啊，真厉害啊"的客套称赞，我也微笑以对，内心却浮现一个奇怪的想法。

维轩在我要说出"销售"这两个字时打断我，他是不是不想被他母亲发现，我是"内衣销售"？他用"产品推广"这个词包装，或许也没错，但为什么我有些不快？

我自己也花了快三个月时间才全然接受"内衣销售"这个工作，才开始真正去喜欢这份工作，让他一下子接受,是不是也有点强人所难?毕竟,他所在的"圈子"(或可以说"阶级")里,内衣销售,是不是……怎么看都不是多光鲜亮丽的职业?

这场"婆媳相见会"的后半段,这些问题盘旋在我脑海中一个个轮放,不论我怎样说服自己"别想太多"都没有用。我脸上挂着笑容,却不太说话了,只是拿着酸梅汁猛喝。维轩或许也发现我的不快,饭吃完将他父母送上出租车后,牵起我的手在路上漫无目的地散步。

我们没有人说话,沉默地穿过一条街口走到一座天桥上,我停下脚步,放开他的手,看着底下的车水马龙。他默默地站在一边,晚风吹来,北京城的晚上还是挺凉爽的。

我有话想对他说,我也感觉他有话想对我说,正当我琢磨着是不是该先说点什么的时候,维轩开口了。

"我妈到酒店了,我妈还称赞你,说你感觉是个好女孩,家教不错,挺宜室宜家的感觉。"他微微一笑,揉揉我的头:"怎么了,刚才不开心? 是不是因为我没有先通知你,我爸妈来北京了?"

我看着他,一瞬间心柔软了下来,不快消散了一些。"对啊,有点意外。不过没事了,结果也挺好的。"

"你为什么想在北京呢? 我能理解你当初来北京读书的心情,但是后来工作也不顺利,为什么还是想待在北京,做一份内衣销售的工作?"他问我。

我笑了笑,是啊,一开始也不知道该不该坚持。

但是,维轩啊,我坚持到现在,意外地学到了不少,也越来越能认可自己、认可这份工作,我的销售额提高,有些客人跟我越来越熟,我被章姊称赞,沈姊也说我现在越来越有资深销售的样子了。我从四千块,到现在每个月可以六千多块,我如果再往下一步,是不是有机会跳槽去其他公司试试?

"维轩,我现在不起眼,但我还是想再试试的。我感觉,未来还会有一些意外之喜。"

说完这些,我还想着他会用招牌的笑容看着我,然后摸摸我的头,"很好啊,我支持你"——就像过去一段时间一样,一直挂着体贴温和的笑容。但是他沉默了,靠在栏杆上看着底下的车流,我从他的侧脸读不出任何信息。

"珉珉,我很喜欢你。我也有信心可以让你过不错的生活,就像现在这样,就算不工作也可以每天在市区喝咖啡、逛街、规划假期去哪里玩。但是,我不想在

北京了,我在北京待够了。我已经跟我爸妈商量,在台
北市买了房子,以后跟朋友一起经营公司,会台北、北
京和东南亚几边跑,但是,我希望未来长驻台北,我希
望在台北有个家庭。"

我看着他,一时之间脑袋空白。他在说什么?
"维轩,你连房子都买了,你什么时候打算回台北的?"

"一年前。"

"可是、可是,你认识我的时候,不是就知道我打
算在北京继续努力?我不止一次告诉你,就算我现在
混得不怎样,我还是不想回台湾,我想再拼,或许最后
失败,但至少我也努力过。你不是一直知道的吗?"

"抱歉,我只是想着,或许你有一天就会跟我说
'不做了',毕竟我想你不会一直想做销售。我本来想
等你当销售当腻的那一天再跟你谈,但没想到,你好像
越做越好,章姊也不停称赞你。再加上,我父母也一直
催我回台湾……"

"所以,你早就打算要走?你知道我俩有不同未
来规划,你还让我跟你一起住,说想跟我以结婚为前提
交往?"意外地,这段话我说得很平静,声音在抖,但竟
然没有大叫。连我自己都意外。

"珉珉,"他上前一步,拉住我的手,眼里有些恳

求。"你知道我几岁来的大陆吗？24岁，大学毕业两年，我就到了上海，作为储备干部，30岁到北京，从资浅到资深老鸟、到有自己的台湾圈子，我看的故事比你多。"

"我看过一些大姐，因为在这里发展，与自己的子女和丈夫疏离，最后丈夫生病，还是回去了。我看见一些大哥，从挣钱到赔钱，从风光到潦倒。当然，你会说这些是'中年人的故事'，跟你们这些二十多岁的台湾小朋友不一样。你们到大陆不是做生意，更不是什么高高在上的高级干部，你们只是想脱离22K、脱离低薪，想找个未来，我知道。"

"但是，你想要的未来是什么呢？我在这儿混了十多年，仍然不敢在北京称自己多有成就、多骄傲，在台湾亲戚眼中我算模范，但我在一线城市仍感觉自己什么都不是。很多比我挣钱多的大陆人也都是这样，不满足、痛苦于自己赚不够多、永远那么浮躁。"

"珉珉，在北京继续坚持，你想要的未来是什么？跟我回台北，我不敢说你会有更好的未来，但是至少踏实、舒服、安心。珉珉，继续在北京，你又能混出什么名堂——这个问题，你想过吗？"

继续在北京，你又能混出什么名堂？

他抓住我的手,有恳求、有安抚,我看着他,我以为他懂我,现在才明白,我们原来这样陌生。我甩开他的手:"我需要想一想。"

他没有追过来。一点也不像电视剧里演的那样,骗子,那些大骗子电视剧。

我在街上漫无目的地晃荡半小时,我才知道我想跟他说什么。

维轩啊,你的这个问题我不只想过,我每日起床,漱洗打扮,出门上班,走在阳光洒满的大街上,走在差点被外卖小哥撞倒的马路上,都在想。

"其实啦……我觉得,回台北也没什么不好啦……"安静了老半天后,李皓宇终于开口了。讲得尴尴尬尬、支支吾吾。

我们三个又齐聚在这间破烂宿舍里了,思凯搬走后房间并没有比较干净,地上一堆纸箱——因为维轩一再要求,加上我也挺想搬离这个小宿舍,我前几日已经开始打包了。我本来想着,很快就搬,搬去那咖啡店酒吧环绕的市中心与他一起……

搬去市中心,怎么一下变成搬回台北了?这跟我想象的也落差太大了!这几天,我还是很难接受这个现实，每想到一次就想尖叫一次。

一连几天，我都没有联系维轩，我正常上班、正常销售，每天早晨会收到维轩的问候语，"希望你今天工作愉快""希望你今天工作愉快，我们找天聊聊好吗"之类的。我没有回，因为我非常不愉快。

其实，比起不愉快，更多的是迷茫，所以才在这天晚上找了皓宇和思凯团聚。跟这个人人眼中的优秀好男人回台北踏实过日子，在北京继续折腾，要选哪一个？

已经二十分钟了，思凯和皓宇还是说不出一句话，可见这对于每个台湾北漂而言都是艰难选择。嗯，我很确定如果我妈在这里，一定会狠狠敲我的脑袋，这么简单的选择题还要我教你？

一阵沉默后，话多的李皓宇又开口了。"你今天这白色洋装不错。"

"维轩买的，说适合我。"

"很气质、很小家碧玉、很贤妻良母喔。"李皓宇讲完，见到我和思凯都瞪着他，很白痴地抓抓头。"不好意思，只是想缓和一下气氛。"

"在我心底，是希望你在北京继续试试的，我那时因为逃避、因为不想面对残酷的就业环境，早早地过上了踏实的日子，最终摔了一跤，还是得自己爬起来。但是我不能因为自己的婚姻失败，就鼓励你放弃这个好男人。到头来人生的选择都得自己选，这样选错了也没得怨。"思凯说话还是这么中庸、这么有条理，果真适合做新媒体编辑。

但此时的我想敲她脑袋，说了等于没说。

三人安静了一段时间，我把玩着啤酒瓶子，脑子里还是乱成一团。还是皓宇先开口了。"讲起回台湾啊，其实我爸妈也老是问，你以后可能像你叔叔那样有自己的生意吗？如果没有，你顶多是个店长，干嘛不回台湾啊？日子多舒服。"

"我妈也常这么说。说现在赚的也就比台北上班族多一点点，在北京等于赔本，想不开。"思凯说。

"对，就连我台商叔叔也这样。不是跟我说'二十年前刚到北京，连餐厅营业执照都申请不下来'的奋斗故事，就是带点同情地问我，如果一直无法混出名堂要不要回台湾。"

"我妈也会这样说。她还会说，怎么台湾媒体都说去大陆工作，能拿台湾好几倍薪水，怎么你也就这样？拜托，她还以为是以前台湾人物以稀为贵的老时代啊？"

"维轩的台湾人群组里,那些女强人姊姊,这几天还有人私下传讯息给我。不知道从哪里听来我跟维轩可能一起回台湾结婚的消息,一直跟我说恭喜。"我转着空啤酒瓶,看着金属瓶子在地上转了一圈又一圈。

"他们说,现在好多年轻人在北京上海,从一个在他们看来很低的薪资开始工作,就这样一个人租房子生活。这样很辛苦。还不如我这样,见识过大陆了,也碰到个好男人,回台湾过舒心的日子。"

"他们都说羡慕,但他们自己为什么不选择这一条路呢?"

"但我又怕,如果,我留下了,会不会在几年后很后悔,后悔自己错过一个好男人?后悔自己把未来想得太好,结果还是一事无成?那时可能是剩女的我,会不会大吼,我以前在干嘛啊!"

对于这个选择题,其实我知道自己想怎么选。但是我还是好怕。

自从思凯找到工作搬走后,我就止不住地羡慕。我也想像思凯和皓宇一样。思凯在离婚后,凭着自己的努力找到了自己喜欢的工作,小编辑,月薪税前一万三,住在城里的群租房,又痛又有成就感地活着。她说,她现在感觉自己是真正住在北京了,是一个合格的北京居民——不再像是以前那样，一个住在大城市的虚无空壳。

而李皓宇，打从大学毕业就知道自己喜欢服务业，就算因为烤肉店工作被女人甩，仍然无怨无悔，因为这是他喜爱的工作。

我原先是打定主意，一边跟维轩交往、享受着宠爱，一边"可有可无"地工作，反正搬去维轩家后，赚多赚少不再这么重要。

内衣销售，维轩，我期望两者并行。已经开始起色的销售工作可以让我维持"看吧，我也是有工作的，不是只依赖老公的女人"的坚硬外壳；而维轩，又让我可以有一种"反正日后如果工作不顺心，至少我有维轩"的安心感。

难道是我这种投机心态的报应吗？老天注定让我二选一。我现在会这么纠结，只是害怕，害怕如果离了维轩，以后天塌下来，又没有人帮我扛了。

又没有人照顾我了。

"思凯，皓宇"，我把头靠在思凯的肩上："我在北京这样子过下去，真的可以吗？"

这问题问得没有文法，但我知道他们俩懂了。我也知道，或许自己已经下定决心了。

皓宇举起酒杯,跟我碰了一下,思凯摸了摸我的头。

"我们三个到大陆发展的台湾人,太不像《商业周刊》里的报道了。买不起星巴克,住着破烂公寓的小次卧,如果写出去投稿媒体,所有媒体都会笑我们混得差吧。"

"会不会十年后,我还没当上店长?"

"闭嘴啦,我可能十年后都还不是媒体主编。"

"你们有没有发现,大陆年轻人很少谈论'很久以后的事'?我身边快三十岁的台湾朋友都会规划退休得存多少钱,说退休后得有多少多少钱才能活下去。但每次我问我的大陆朋友,退休怎样怎样,他们都会吃惊地问我,你现在想退休的事情干嘛?五年后的北京都不可预料了,还退休!"

"你现在连五年后是不是在卖内衣都不知道,还退休。"李皓宇吐槽,被我揍了一拳。

是啊,五年后,我会在哪里呢?那时的我还是销售吗?我会后悔维轩的事情吗?

那时的我会不会在小小的出租屋内大吼,早知如此,五年前我就跟维轩回台湾了?

我们出来打拼,什么是该告诉自己"回去踏实过日子吧，别折腾了"的时候？如果未来十年我都会如此不起眼地活着，那好希望老天爷现在就给我一个警示。

赶快告诉我，跟这个好男人走吧，你未来也不会混出什么名堂的，踏实回台北过日子吧；赶快告诉我，这是我最后的能过上幸福生活的机会了，不然十年后就会后悔吧。

那天晚上我们三个喝得烂醉，隔天李皓宇和思凯上班都迟到，而我从床上悠悠转醒时已经中午十二点

整,阳光明亮,我突然感觉身上那件白洋装紧得难受。

老天爷或许真是给我警示了。

把洋装脱下来,倒在床上,我突然感觉身体真正放松了,长长地吁出一大口气。

第九章

在那之后

要去维轩家把东西拿回来的那天上午,我醒得很早,莫名地想整理乱七八糟的房间。整理抽屉的时候才发现一大包过期的药品。是几年前要到北京读书前,老妈逼我去医院拿的吧?感冒药、止疼药、胃药,那时医院药房听到"要去北京常住"之后立刻理解了,刷刷刷地拿出几大包药,"很多人去大陆前都来拿药"药师说。

　　原来我不是唯一啊。那时真是坚定认为"还是台湾药好啊"。后来到北京,每次生病,大陆同学都会推荐管用的药,久而久之也就"大陆药治大陆病",台湾带来的一大包药大多放在抽屉。

　　应该过期了吧?但是为什么每次搬家我都带在身上呢?可能是每次想丢,都会想起家人担忧的脸吧。"你一个人去真的可以吗?"把这包药塞进行李箱的那时,老妈的头靠在门框上,还是叹气,倒是姊姊在旁翻白眼："可以啦可以啦,三小时飞机而已,她都几岁了!"

这是一种"外面受伤,随时能回家"的底气,有时却也是负担。

那时我没说话,"我一个人没问题,你烦不烦啦",心底这样碎念着。但想着妈妈是关心、体谅一下,也就不说话了,"尽量不跟他们唱反调,不然你想吵架吗?"心底总会有一个声音这样说。

对了,那个时候跟承恩分手,老妈是什么反应来着?"你想清楚就好,但我还是觉得挺可惜的"好像是这么说的,但反应挺冷静,毕竟那时我准备去北大,一副前途似锦的样子。如果现在我跟她说,我和维轩分手了,她会怎么说啊?

她八成会说"你也没混出什么名堂,还放下这么好的对象,你怎么想的"这类的话吧。

每个人都有一个人设,而从小姊姊就是独立、自主、胆大,我从小就是听话、温和、顺从。跟父母师长吵架的一直是姊姊,顺应长辈的一直是我。我从小开始习惯小心翼翼地观察别人,父母、师长、男朋友,他们喜欢什么样的?怎样做可以获得肯定?对于我所做的努力,家人会放心,而承恩会露出温暖开心的笑容,给我一个承诺——以后会照顾你。我会努力,你不必这么累。

维轩之于我,也是这样啊。

年轻、弱小、没有多大本领,一个人站在北京街头,常常觉得自己跟周遭的人比显得如此没有能耐。正因为这样,才会迅速跟维轩在一起。

才会这么迅速地想依赖他,甚至这么害怕没有他在的北京城。

跟维轩约定的时间快到了,来到熟悉的那扇门前,按下门铃,很快地他开门了。"你的东西我放在门口"他指了指客厅的纸袋,露出还是那样温和的笑容:"我在打包准备回台北了,以后估计很少有机会碰面。进来坐坐?"

我犹豫了一会儿,还是点头了,曾经很熟的人现在连面对都尴尬,爱情真是莫名其妙。我跳过地上那些纸箱,在沙发上正襟危坐,他端给我一杯手冲咖啡。

维轩,如果我在北京混不下去了,回台北找你好不好——我差点想说出这种泄气的话,幸好收住了。

"你想过以后回台湾吗?"他坐在沙发另一头,问我。

我说,以后吧,总要回去的。

"我一年前回台北看房子时，突然就感觉一定得回去了，必须回去。有很棒的医疗、好吃的食物、父母朋友皆在身边，那一刻我突然真正放松了，我这些年在北京兢兢业业地活着干嘛呢？把自己搞这么累做什么？"

"但是，也因为那时打拼过，现在才有一定的资本回台湾享受这种'岁月静好'。我这样说，你是不是心里又想着，这些中年台湾人，果真跟我有代沟？"他微笑看着我。

我迎上他的目光，摇头："我最近才想通，以前自己莫名地对老一代台商或是老一代台湾人有点抵触，认为他们与时代脱节，甚至认为你们不过是时代下的既得利益者，这样子的想法有多狭隘与可悲。"

"其实，从前我真正埋怨的，是自己不够有实力，是自己无能，不能给自己一个理想的生活。章姊对我很好、你对我很好，很多人都对我很好。对不起，我之前太不懂事了，总是在抱怨。"

维轩放下咖啡杯，认真地看着我。"我以前二十多岁时，面对未来也很害怕啊。二十多岁时，谁又真的知道自己未来在何方呢？有谁是不迷茫的呢？珉珉，你对自己或许太严苛了，也太心急了。你好像迫不及待地想证明自己给父母看、给亲朋好友看，但真的不必太心急。好好享受当下，不要太害怕。你才做销售几个月啊，章姊不是就挺喜欢你的吗？"

跟维轩分手后我哭过几次，我以为不会再哭了，然而现在又不争气地想哭了。我放下喝了一半的咖啡，跟他说，不好意思有点事情，得走了。

走出门口的那一刻，我突然回过身，看着他。"维轩，一个人在北京，有时真的很孤单、很可怕吧？那种孤零零的，没有人能给你方向的感觉。我这样的人继续在北京，真的可以吗？"

这问题我问过思凯和皓宇，但现在我还是想问他，我就是想再听一次答案。

维轩看着我，点了头。"珉珉，慢慢来，一切都会好的。"

我走到电梯口，回头看着那扇已经掩上的大门。害怕、孤独又有一些放松，一瞬间这些情绪全部涌上来，我突然开始大哭，彻彻底底的那种大哭。在这一刻，我知道正准备在北京独立打拼的自己，需要先放任自己不管不顾地哭一次。

不知道哭了多久，我抹干眼泪。打开手机，搜寻最近的一家咖啡馆，准备一个人，去喝一杯暖洋洋的热拿铁。

去浴室梳洗的时候室友正在吃早餐，一边吃早餐一边看《新闻联播》。"起床啦？给你买了鸡蛋灌饼和豆浆。"

"谢啦，早安。"我打着呵欠走进浴室，看着镜子里头发如杂草般凌乱的自己。昨晚睡前从朋友圈看到，维轩已经搬进台北的新家，照片上是间阳光从落地窗洒满的亮堂两厅。我点了赞，然后沉沉睡去。梦里也没有维轩，没有焦虑。

已经又过去四个多月了，其实自己独立的生活也没这么可怕。四个多月前，从维轩家出来之后，自己去了咖啡店、喝了杯拿铁，然后上论坛看起房子。要求：两千以内的次卧。幸运地，当天就看中了一间位于南三环的旧公寓，隔天看房、签约、搬家。

我的新房间很小，一张双人床、衣柜、书桌就塞满了，几乎没有多的空间放鞋子。但是，有一面不小的窗户，窗外是一片树林，早上六点多会有小鸟在窗外啾啾鸣唱，偶尔的晚上，还会有好大只的壁虎从窗户缝中偷渡进屋。

然后我会尖叫着跑去找室友："有壁虎、有壁虎！"

他们会大笑着帮我赶走不速之客，偶尔取笑我："你这个台妹这么弱啊。"

我搬家后不久，皓宇也搬离了原来的住处，去市中心跟台商亲戚住一起。我、思凯、皓宇，都离开那栋老宿舍，往各自的目标前行。我曾经很怕没有人"依靠"了怎么办，现在想想真是幼稚。我重新有了两位好室友，都是河北姑娘，我们一起分摊饭钱、洗衣液的钱，一起看综艺节目或痛批自家老板。

他们俩还教我吃大葱卷饼，我发现如果涂上豆瓣酱，还尚能入口。当然，尝鲜可以，我才不要当正餐吃，简直可怕。

人啊，只要好好生活，每天都会有不同的新回忆。纵使不美好的多一些，但是，很美好的那些还是会偶然发生的。还是能让我偶尔感叹，啊，幸好当初留下来了。

因为我搬离宿舍，章姊多给了我一千块的房屋补贴，顺便给了我新任务。现在我不但得帮章姊规划一些小活动，还会跟着她去服务一些小艺人或网红——对我这种毛躁的人这真是项挑战，有次我差点脱口而出"您跟上个月比，好像看起来又不一样了"。

就这样，不断生活下去，也不断认识新的人。偶尔会突然悲观，但有时也会格外乐观。

对了，这段时间有两件比较有趣的事，其一是我跟我妈坦白了一切——从外企到内衣销售；从思凯、皓宇到换了新宿舍和室友；从与维轩相知、交往到分手。那是一通很长很长的微信视讯，讲了快两小时，我知道我妈很努力地忍住不朝我大吼："你脑子在想些什么！"

但是，最终，她也只说："那就好好在北京工作吧，钱不够跟家里说。改天我和你爸可能去北京找你一趟。"

我突然感觉喉咙一哽。"你们别来啦，我租的房子很小，塞不下你们。"

"你当你爸你妈穷到住不起酒店啊？"我妈在手机那头又是一个白眼。

"反正你们别来啦，以后再说！"

"什么以后，多久以后！我是你妈耶，你什么态度！"

"好啦先这样，我挂了。"我挂断通话。那一刻突然感觉，或许我从未了解过我妈。

我常抱怨，我妈可能到现在都还不知道我有什么兴趣爱好、我喜欢什么样的男人。从小到大她只在意我的成绩，长大后在意我的工作我的薪水，她根本不懂我。

但是，我懂她吗？如果以后我也有女儿，哪天她自己去了一个陌生地方，做着一份薪资不高，在外人看来也普通、没有太大未来的工作，我又是什么心情呢？

我不想让她现在来北京，那是因为我想要以后能自己租一个像样的房子。我想要在宽敞的房子里开心招待他们，我想要他们以我为荣。当然，这些话我对他们可说不出口。可能父母和子女，就是这么尴尬而可爱的关系吧。

第二件有趣的事情，就是跟维轩分手后，我退出了维轩的台干圈子，没有维轩，也不指望谁想跟我当好朋友，没料到圈子里一个台干姐姐加了我的微信，成为我的好朋友。那个姐姐信佛，老公、孩子都在台湾，她说自己与大陆这片土地有缘，这是命定的、佛祖安排的，改不了。

"你跟北京也是这样，有缘。"她跟我说。

在某一个晴朗的周日，我约她喝咖啡，当我朝她走过去时她上下打量了我一下："我穿得很奇怪吗？"

"倒不是。只是想起第一次见你，你穿着米白色的名牌套装，一副拘谨害羞、贤良淑德的样子。原来，这才是你啊，一件淘宝连衣裙就可以打发了。"她笑着看我。

这就是现在的我。穿着有线头的淘宝连衣裙咋咋呼呼，在这个城市自己租房子、自己负担自己的生活，虽然时不时感到茫然，但每天下班回家，看到客厅的黄色灯光、听到室友的笑声……那一刻，让我感觉在这里打拼，也不是多可怕啊。

总有一天，我也可以跟我爸妈说，你看，你女儿现在在北京也过得不错吧，你们当初干嘛这么担心。

总有一天，我也可以进商场，毫不犹豫地买下自己喜欢的连衣裙吧。

虽然我不知道那一天什么时候会来，虽然我不知道什么时候才能碰上命运的转折，但北京啊，总让人感觉有这么多新的东西在流动、人人都在往前。

总有一天，我也会在这里得到一点什么的吧？

2019 年 9 月中，蓝天白云，太阳晒得暖洋洋的。皓宇准备回台湾筹备婚礼的前一天，我们仨久违地聚在一起。在北京大学的泊星地咖啡馆里，满满的人潮，尽是认识新朋友的欢声笑语。新入学的新生果然笑声清脆，是真像书里写的那种"铃铛一样"的清脆。

"李皓宇，你老婆不嫌你老啊？"我仔细打量皓宇。这家伙，竟然还蓄起小胡子。

皓宇翻了个白眼。"我们多久没见了，这是你的第一句话？"

"2016 年那次聚会之后，就没见了吧？到了现在，三年啊。我们都忙，聚少离多很正常。"一头短发的思凯虽然还是像以前一样温文尔雅，但此刻的她，穿着言谈真是标准的电视剧白领模样。

"最忙的是你吧，老是在出差啊。"李皓宇笑起来还是那口白牙。"还有你，珉珉，不是才刚从外地采访回来？我上次经过书报摊特地翻了一下你们杂志喔，还看到你写的'直播女孩'，挺好看的。"

"只翻不买？这在我们媒体界叫流氓行为。拿去看吧。"我把公司刚出版的杂志给他。

在帮章姊卖了一年多内衣后，2016 年 5 月的一个周末，我百无聊赖地窝在家里刷手机，突然看见一个位于北京的老牌媒体在公众号上发出招聘信息。"诚征记者，主要挖掘和撰写人物故事，需附上一份作品……"

那时我的薪资稳定成长，工作没有什么好抱怨的。有时业绩好，有时业绩差，都是寻常，美容师跟我大多相处良好，没有客人时大家玩成一片，一切都没什么好不满的。但是，在看到这则招聘信息时，我突然听见自己的心跳，一声一声，扑通扑通。

虽然是传播学院出身，以前也有投稿给台湾媒体的经验，但我从未在媒体实习过，也没有当过记者，我要跟很多比我优秀的人竞争。但是这一刻我才知道，原来面对一个你真正有兴趣的职位时，那种心脏跳动的感觉，跟撞上一个天菜帅哥一样。

我在北京，总想着能得到点什么，或许这就是了。要牢牢抓住，没有时间给我犹豫了。

在室友都睡着的深夜，我打开计算机，就着两瓶啤酒开始写下自己的第一篇人物报道，关于我自己的——关于我，也关于思凯和皓宇，我们这几个茫茫然然"台湾北漂"的故事。

　　然后，过了一次面试，再过了一次总编辑的面试，成为北京媒体界的新一员，我又得开始学新东西了。从拟采访提纲到面对面采访、听录音打字、整理材料、润色文章、选标题，就跟做销售一样，面对始终上不去的阅读量抓耳挠腮。前半年不断自我质疑，在出租房内一次次点开招聘网站并大吼"不搞了不搞了"。

　　幸好，做过一年多销售，我完全不害怕去主动认识人，跟人聊天交谈，有目的地问到一些信息，同时又不会显得太刻意。内衣销售，这份我从勉强应付到逐渐熟悉、不讨厌也不多热爱的工作，竟然也帮助了我。

一晃眼，媒体工作已做了三年多，最近也开始带新人了，或许这工作出奇得合我胃口吧。思凯和我，各自在各自的平台内稳步向前，李皓宇最厉害，后来跳去了一家大陆连锁餐饮店做实习店长，顺利转正。

还要结婚了，也才三年啊，感觉我们三人的世界都变了一个样子，想想都不可思议。

"谢谢你的杂志，我回去拜读一下啊。话说这么久没见，你俩有对象了没啊？"还是跟以前一样话多又爱管闲事的皓宇问。

思凯瞪了他一眼。"你现在真是被这里'同化'了，跟我那些大陆同事一样，一个个都想给我介绍对象。抱歉我结过一次婚了，现在没空，也没兴趣。"

皓宇转头，贼兮兮地问我："珉珉呢？我微信里有些不错的台湾小哥喔，都是在北京混的，要不要认识一下？"

"好啊，如果他们愿意受采访的话。"

天啊，你们两个工作狂！你俩在几年前好像不是这样的啊！李皓宇感叹完，忙不迭地掏出手机炫耀，照片里他和他的未婚妻在蓝色港湾，那个女孩子好漂亮，是个也在北京工作的甜点师傅，皓宇的老乡。

距离那段老旧宿舍的日子，也过去了这么一段时间啊。三年后、五年后的今日,我又会在哪里呢?

跟思凯和皓宇告别后,我一个人在校园里散步,突然冲动地打开微信,点开曾经那么熟悉的头像。2017年8月,是维轩的最后一则朋友圈,他在曼谷。看这个干嘛啊?我收起手机,觉得自己真无聊。

离开维轩之后的一段日子,忙着应付各种新客人、新挑战,根本没有时间去想着谈恋爱。后来换工作,更是人仰马翻,好不容易最近工作顺心了、有点闲暇了,对于"找个男人一起在北京打拼"这个事情反而看得很淡了。如果有缘,碰上一个互相喜欢的很好。

如果没缘,那就自己先这样过着吧,挺好的。在自己租的小房子里养缸小鱼、插点花,夜深人静时敲键盘,这就是我现在喜欢的日子。

北大校园里好像也变了样子,我时不时要想"这栋楼以前有过吗",真是记忆力差了。与我擦肩而过的那些学生里,如果刻意去听,有好几次都能听见尾音拉得长长的台湾腔。在下一瞬间,这些台湾腔就淹没在各色腔调中。

我突然想到那时去面试时,我的现任老板问我的一句话:"我看完了你写的台湾北漂故事,我觉得跟大陆北漂一样啊?"

是啊，都是北漂，都是大学毕业生，台湾年轻人和大陆年轻人，哪有什么区别？有谁毕业后就一定一帆风顺？有谁没有在深夜的北京哭过？有谁没有在"我要回乡还是留在北京继续拼"的纠结苦苦挣扎过？

若真要说差别，或许只在于我曾经的那份别扭心态吧。回望我过去二十多年的人生，对于台湾，怀抱着对于经济现况的沮丧和无奈；对于大陆，则还有着一丝"台湾人在大陆比较特别"的刻板印象与期盼。但我想，比我年轻的台湾小青年，不会如我这般尴尬矫情了。

"请问一下，未名湖是往这边走吗？"向我问路的小妹妹有着熟悉的台湾腔。

"不是，在另一个方向，转过弯就看到了。"

"谢谢您。"我看着两个姑娘拉着手蹦蹦跳跳走了，其中一个还教训一个，就跟你说是这边吧，你还不信，你们台湾人的方向感哟……

我想起曾帮着思凯向北大时的朋友借房子，那位朋友现在，好像也是一家三口其乐融融了。在北京这些年还真是交了不少朋友、干了不少蠢事，还曾那么幼稚，竟然也待到现在。

思凯和皓宇也是这样子吧，干过蠢事吃过亏，总是咬咬牙忍过去。大家都想在北京再努力一点、再努力一点。

我们太贪心了，都还想多获得一点什么。

这篇故事写到这里收尾，也算是挺完美的结局。但是，最后，还是想多说一点什么。

曾经我认为自己是个"混失败的台湾人"，但是现在我还真的不知道，自己算是成功还是失败。从住老宿舍、到群租房、再到有能力自己租间一室一厅的小房，做过资深销售，现在算稍有经验的媒体人，曾经的我真的"失败"吗？现在的我又多"成功"？在北京，什么定义，叫"混得成功"与"混得失败"？

有时走在去上班的路上，喝着咖啡，跟随人潮赶着脚步，会突然感觉自己的每一步确实都踩在地上，在这里有我的一处容身之地。我在这里，也在每年每年地学到新东西、努力往上走，我不再认为自己的未来"就是这样"，也不再认为这个时代对年轻人多么不公。

不再不甘心，这对我来说就是一种"成功"吧。

有时会有台湾朋友问我，该不该到北京？或是，你在北京这几年原来也拿过四千元的薪水，到底图什么？

图什么呢？我的回答总是这样的。

北京是好难存下钱的，要存钱不如在台湾、在父母身边。就算存下一点钱，买房置业，不太可能。至于图什么？其实也不是图能赚多少钱回乡、能多光宗耀祖，我也没那么大本领。

图的，或许只是每一天每一天，都被推着往前、不敢松懈吧。图的，或许只是这里的氛围太有野心、太朝气勃勃吧。在这里，从一个没有经验的人到成为新媒体主编，可能只要五年、六年或是更短；在这里，没有一个年轻人会甘愿说，我的未来反正就这样了。

我喜欢看着新事物不断出现、每天都有新热点，喜欢看着这种似乎不断往前的感觉。打从我在大学毕业那一刻感到不甘心开始，就注定了我的选择。

当然啦，工作不顺的时候，还是会想着，如果那时留在台湾，是不是早就跟承恩幸福地生活了？如果那时跟着维轩回台北，我爸妈现在也该含饴弄孙了吧？

如果那时、如果那时，也就是午夜想想，隔天早上继续起来工作。如果那时回台湾，我现在可能有房有车有夫有子，但是我也很可能后悔。毕竟，谁知道什么是正确道路？

或许现在我在走的这条路，就是最适合我的路。

微风吹来,我打了个喷嚏,突然想到,初秋已经到了吧?

北京最美的季节,要开始了啊!